BUNGALOW 21

Ses livres, traduits en quarante-huit langues, atteignent des tirages vertigineux et ses pièces sont jouées régulièrement dans plus de cinquante pays : Éric-Emmanuel Schmitt est l'un des auteurs francophones les plus lus et les plus représentés dans le monde. Il est aussi l'auteur le plus étudié dans les collèges et les lycées. Né en 1960 à Lyon, cet agrégé de philosophie, docteur en philosophie, normalien de la rue d'Ulm, auteur d'une thèse sur Diderot, s'est d'abord fait connaître au théâtre en 1991 avec *La Nuit de Valognes*, son premier grand succès. Il n'arrêtera plus. Non seulement les plus grands acteurs ont interprété ou interprètent ses pièces – Belmondo, Delon, Francis Huster, Jacques Weber, Charlotte Rampling et tant d'autres –, mais le Grand Prix de l'Académie française couronne l'ensemble de son œuvre théâtrale dès 2001. Romancier lumineux, conteur hors pair, amoureux de musique, Éric-Emmanuel Schmitt fait passer une émotion teintée de douceur et de poésie dans tous les arts. Il est à la fois scénariste, réalisateur, signe la traduction française d'opéras, sourit à la BD et monte lui-même sur scène pour interpréter ses textes ou accompagner un pianiste ou une soprano… En 2012, l'Académie royale de langue et littérature françaises de Belgique lui offre le fauteuil n° 33, occupé avant lui par Colette et Cocteau. En 2016, il a été élu à l'unanimité par ses pairs comme membre du jury Goncourt.

Paru au Livre de Poche :

CONCERTO À LA MÉMOIRE D'UN ANGE

LE DÉFI DE JÉRUSALEM

LES DEUX MESSIEURS DE BRUXELLES

LES DIX ENFANTS QUE MADAME MING N'A JAMAIS EUS

L'ÉLIXIR D'AMOUR

L'ENFANT DE NOÉ

L'ÉVANGILE SELON PILATE *suivi du* JOURNAL D'UN ROMAN VOLÉ

FÉLIX ET LA SOURCE INVISIBLE

LA FEMME AU MIROIR

GEORGES ET GEORGES

L'HOMME QUI VOYAIT À TRAVERS LES VISAGES

JOURNAL D'UN AMOUR PERDU

LORSQUE J'ÉTAIS UNE ŒUVRE D'ART

MADAME PYLINSKA ET LE SECRET DE CHOPIN

MES MAÎTRES DE BONHEUR

MILAREPA

MONSIEUR IBRAHIM ET LES FLEURS DU CORAN

LA NUIT DE FEU

ODETTE TOULEMONDE *et autres histoires*

OSCAR ET LA DAME ROSE

LA PART DE L'AUTRE

LES PERROQUETS DE LA PLACE D'AREZZO

PLUS TARD, JE SERAI UN ENFANT

LE POISON D'AMOUR

LA RÊVEUSE D'OSTENDE

LA SECTE DES ÉGOÏSTES

SI ON RECOMMENÇAIT

LE SUMO QUI NE POUVAIT PAS GROSSIR

THÉÂTRE (4 tomes)

LA TRAVERSÉE DES TEMPS (3 tomes)

ULYSSE FROM BAGDAD

LA VENGEANCE DU PARDON

ÉRIC-EMMANUEL SCHMITT
de l'académie Goncourt

sur une idée originale de Benjamin Castaldi

Bungalow 21

ALBIN MICHEL

ISBN : 978-2-253-19675-4 – 1re publication LGF

PERSONNAGES

Marilyn Monroe
Simone Signoret
Yves Montand
Arthur Miller
Le groom du Beverly Hills Hotel

DÉCOR

Le bungalow 20, au Beverly Hills Hotel, Los Angeles, en 1960.

1

Le groom, un joli garçon californien, entre d'un pas vif en portant une grosse valise. Il la pose et annonce pompeusement aux clients derrière lui :

LE GROOM
Et voici : bienvenue au bungalow 20 !

Simone Signoret et Yves Montand pénètrent dans la pièce. Beaux, pleins de vie, ils sont dans leur jeune quarantaine.

LE GROOM
Laissez-moi vous expliquer. Vous avez ici les boutons qui commandent les lumières, les volets, les rideaux.

SIMONE *(désignant les interrupteurs à Yves)*
Tiens, le cockpit, là, c'est pour toi.

Yves se précipite.

LE GROOM

Ouverture des rideaux. Ouverture des volets. Éclairage avec deux positions, pleins feux ou veilleuse.

Yves s'approche des boutons et commence à les manipuler, tel un enfant.

Le groom pivote vers Simone.

LE GROOM

Vous êtes française, je crois ? Alors vous apprécierez particulièrement la cuisine aménagée.

Il la montre à Simone.

SIMONE

Oh, magnifique !

LE GROOM

Ici les plaques, là le four à chaleur tournante, multifonction, options broche, gratin, chaleur diffuse.

SIMONE

Oh… Et là ?

LE GROOM

Programmation par minutage mécanique, il suffit de fixer cette aiguille sur le cadran.

SIMONE

Et là ?

LE GROOM

Un four à vapeur.

YVES *(grondeur)*

Simone !

SIMONE *(ne prêtant pas attention à Yves)*

Et là ?

LE GROOM

Le grille-pain.

SIMONE

Formidable.

YVES *(moqueur)*

Arrête, Simone.

SIMONE

Quoi ? Je m'intéresse à ce que dit Monsieur.

LE GROOM *(à Yves)*

Tout le monde sait que les Françaises adorent la gastronomie et font les meilleurs plats.

Yves ricane.

YVES

Alors elle n'est pas française.

SIMONE *(baissant les yeux)*

Je dois avouer que ma dernière rencontre avec une casserole fut tragique.

LE GROOM *(sans comprendre)*

Ah bon ?

SIMONE

Tragique.

YVES

Pour mon estomac.

SIMONE

Pour le plancher surtout, il a fallu le gratter et le revernir. *(Au groom.)* Je ne vois qu'une issue : donnez-moi la formule magique.

LE GROOM

La formule magique ?

SIMONE

Le numéro du room service. On m'a dit qu'il y avait un excellent chef ici.

LE GROOM

Tout le monde sait que le Beverly Hills Hotel possède le meilleur chef de la côte Ouest. Vous composez le 11.

YVES

Voilà, ma chérie, ce sera ton chiffre préféré durant notre séjour.

LE GROOM

Resterez-vous longtemps parmi nous ?

SIMONE

Plusieurs mois, le temps du tournage.

LE GROOM

Où a-t-il lieu ?

SIMONE

À la Fox.

LE GROOM *(impressionné)*

Tout le monde sait que la Fox est le studio le plus prestigieux d'Hollywood puisqu'il a comme star…

SIMONE, YVES, LE GROOM *(ensemble)*

Marilyn Monroe !

Un temps durant lequel chacun demeure pensif.

LE GROOM *(pour se donner de l'importance)*

Je n'ai pas le droit de vous le dire, mais Marilyn Monroe et Arthur Miller, son mari, habitent juste à côté, au bungalow 21.

SIMONE *(gentiment)*

Nous sommes au courant, merci.

Le groom se reprend.

LE GROOM

Alors je résume : réception, le 9 ; lingerie, le 10 ; room service, le 11. Vous pouvez nous appeler à n'importe quel moment. Vous avez un téléphone dans toutes les pièces. Dans la salle de bains aussi. Même dans les toilettes.

SIMONE *(se retenant de pouffer)*
C'est tellement judicieux.

Yves rit de ce qu'elle vient de dire.

LE GROOM
Tout le monde sait que le Beverly Hills Hotel offre le top de la modernité à ses clients. *(Il saisit la valise avec laquelle il était entré.)* Où dois-je poser le bagage de Monsieur ?

YVES
C'est celui de Madame.

LE GROOM *(déconcerté)*
Mais alors les six malles qui restent ?

SIMONE
C'est à Monsieur.

LE GROOM
Oh, excusez-moi. C'est Monsieur qui est acteur ? J'avais cru que c'était Madame.

Le groom sort.

YVES
Comment dois-je le prendre ?

SIMONE
Et moi ?

YVES *(prêt à s'énerver)*
J'ai une tête de notaire ? D'agent d'assurances ? D'employé des pompes funèbres ?

SIMONE
Non, mais tu as des bagages de diva.

Ils rient, complices. Le groom va et vient pour déposer les malles.

SIMONE
As-tu remarqué qu'il n'y a pas d'oiseaux dans les arbres ?

YVES
Non.

SIMONE
Comment est-il possible qu'il n'y ait pas d'oiseaux dans les arbres ?

YVES
Simone, tu débarques à Hollywood et la question que tu te poses, c'est : « Pourquoi n'y a-t-il pas d'oiseaux dans les arbres ? »

Mais c'était le désert ici, avant, il n'y avait que des cactus, des coyotes et des serpents.

SIMONE

Durant nos rendez-vous professionnels, j'ai cru constater qu'on rencontre encore des serpents.

YVES

Simone !

SIMONE

Et la pelouse, à ton avis, celle que nous avons longée en arrivant, elle est vraie ou fausse ?

YVES

Fausse. Un vert pareil sous un climat pareil, moi qui viens de Marseille, je peux t'assurer que c'est du toc.

Simone jette un coup d'œil par la fenêtre.

SIMONE

Extraordinaire. Je vois des rhododendrons et des lauriers-roses qui brillent. Même la nature parvient à faire des fleurs en plastique.

Le groom a terminé d'apporter les malles.

LE GROOM

Puis-je encore quelque chose pour vous ?

YVES

Ça ira, merci.

Il joue la surprise en désignant l'oreille du groom.

YVES

Qu'est-ce que vous avez, là ?

Il passe la main sur l'oreille du groom étonné, et, tel un prestidigitateur, fait apparaître un billet.

YVES

Oh, un pourboire. Ce doit être pour vous.

Et il lui donne le billet.

LE GROOM *(appréciant)*

Merci, monsieur. Voulez-vous que je vous réserve un rendez-vous avec le coiffeur ? La manucure ? La pédicure ?

YVES

Merci beaucoup, on vous fera signe plus tard.

LE GROOM

Bon séjour, madame, monsieur.

Le groom à peine disparu, Yves et Simone observent machinalement leurs ongles.

SIMONE

Manucure, pédicure ? Ça me gêne toujours, ce genre de remarques.

YVES

Ça me rappelle mon enfance, quand ma tante Chiara nous offrait des savons : une fois le paquet ouvert, nous ne pouvions pas nous empêcher de nous renifler les aisselles.

Yves inspire profondément, arpente le bungalow, comme pour en prendre possession.

YVES

C'est bien.

SIMONE

Ah non, ce n'est pas bien !

YVES

Comment ça ?

SIMONE *(corrigeant)*

C'est mieux. *(Précisant.)* Et même : ça ne peut pas être mieux.

YVES *(attendri)*

Tu crois ?

SIMONE

Mon homme vient d'achever un tour de chant triomphal aux États-Unis et voilà maintenant que mon homme est engagé par un des plus grands studios hollywoodiens pour jouer une comédie musicale avec Marilyn Monroe.

YVES

J'avoue que… Ah non, Simone, tu oublies deux détails ! Un : ma femme a tourné un film qui pourrait bien être nommé aux Oscars.

SIMONE

Oh, ça… on verra.

YVES

Mais si ! Je te le dis, moi : *Les Chemins de la haute ville* sera nommé aux Oscars.

SIMONE

Ah bon ? Parce que Monsieur vote aux Oscars ? Monsieur impose ses goûts aux membres de l'Académie ?

Il l'attrape par le bras et se colle contre elle.

YVES

Exactement.

SIMONE

Et le deuxième détail ?

YVES

Je t'aime, tu m'aimes.

Il la caresse.

SIMONE *(émue)*

Est-ce vraiment un détail ?

Il saisit sa tête entre ses mains et la fixe intensément.

YVES

Nous sommes au sommet de notre couple, Simone.

Elle résiste et secoue négativement la tête.

SIMONE

Je ne veux pas que nous atteignions le sommet.

YVES

Pourquoi ?

SIMONE

Parce que si nous le touchons, il ne nous restera plus qu'à descendre.

YVES

Alors, disons que nous stationnons dans le dernier refuge avant le sommet de la montagne.

SIMONE

Pas du tout. Nous sommes encore au village, au fond de la vallée. *(Un court temps.)* Tu ne penses pas que nous sommes heureux ?

YVES

Si, mais chut ! Le bonheur ne supporte pas qu'on parle de lui ; dès qu'on murmure son nom, il s'enfuit. Ne prenons aucun risque : je te bâillonne.

Il l'embrasse sur la bouche.

SIMONE

Rien ne peut nous séparer.

YVES

Rien.

On frappe.

MARILYN *(off)*

Hello ! C'est Marilyn.

Ils restent figés un instant.

La célèbre silhouette galbée de Marilyn Monroe se dessine à travers la porte en verre fumé.

Simone Signoret murmure à l'oreille d'Yves Montand :

SIMONE *(à voix basse)*

C'est Marilyn.

YVES *(à voix basse)*
Je sais.

SIMONE *(à voix basse)*
Marilyn Monroe.

YVES *(à voix basse)*
Tu en connais d'autres ?

MARILYN *(off)*
Hello ! C'est moi. Vous m'ouvrez ?

SIMONE *(à voix basse)*
Tu n'entends pas ce qu'elle dit ?

YVES *(à voix basse)*
Je ne suis pas sourd.

SIMONE *(à voix basse)*
Tu n'es pas sourd, mais tu mets du temps à réagir. Montand, va lui ouvrir.

YVES *(à voix basse)*
Moi ?

SIMONE *(à voix basse)*
Trop tard, hélas, pour engager un maître d'hôtel.

MARILYN *(insistant gentiment, off)*
Coucou !

Comprenant qu'Yves est trop intimidé, Simone se détache de lui et se dirige vers l'entrée.

SIMONE
Marilyn, quel plaisir !

Elle ouvre la porte.

Noir.

2

Même bungalow.

Atmosphère de fête. Musique d'ambiance jazzy. Éclairage chaleureux de soirée chic et intime.

Arthur Miller, Simone Signoret, Yves Montand et Marilyn Monroe brandissent des coupes de champagne qui viennent d'être remplies par Marilyn, laquelle tient encore la bouteille en main.

MARILYN

Allons, portons un toast !

ARTHUR

C'est le quatrième, chérie.

MARILYN *(lumineuse)*

Je suis si contente. J'ai voulu Yves comme partenaire et mon rêve se réalise.

YVES

C'est moi qui rêve, Marilyn.

MARILYN *(à Simone)*

La Fox proposait Rock Hudson, Gene Kelly, James Stewart. J'ai dit : « Non, ce sera Yves Montand. » Et voici Yves Montand.

ARTHUR *(renchérissant)*

Je revendique ma part dans cette histoire. Je vous avais rencontrés à Paris lors des représentations de ma pièce, *Les Sorcières de Salem*, et vous m'aviez tous deux impressionné, profondément.

MARILYN

C'est vrai : la fois où Yves est venu à New York pour son récital, Arthur a absolument voulu m'y emmener. Ça mérite un toast.

ARTHUR *(insistant gentiment)*

C'est le quatrième.

MARILYN

Justement, je suis la seule à n'avoir pas porté de toast.

YVES
C'est vrai !

SIMONE
À ton tour.

MARILYN
Arthur a porté un toast en mémoire de votre rencontre à Paris, Yves un toast à Simone pour son film anglais, Simone à moi pour *Certains l'aiment chaud*. Et moi je dis :

Elle lève son verre.

MARILYN
Faisons l'amour !

Yves et Arthur s'étranglent.
Simone acquiesce en brandissant sa coupe.

SIMONE
Faisons l'amour !

YVES
Mais Simone, qu'est-ce qui te prend ?

SIMONE
Je te rappelle que *Faisons l'amour* est le titre du film que vous allez tourner.

Yves et Arthur bafouillent, entre soulagement et gêne d'avoir mal interprété son toast.

SIMONE ET MARILYN *(ensemble, bien fort, en levant le bras droit)*
Faisons l'amour !

Tout le monde boit.
Marilyn avale son verre d'une traite, attrape la bouteille et constate qu'elle est vide.

MARILYN
Oh, plus rien ! J'en ai une autre chez nous. J'arrive.

Elle part avec la bouteille, passe au milieu d'eux en roulant de la croupe. Simone et Yves la regardent s'éloigner, aussi admiratifs que surpris.

YVES *(à Arthur)*
Elle marche tout le temps comme ça ?

ARTHUR
Tout le temps. Sur la plage, si vous regardez ses empreintes dans le sable, elles suivent un alignement parfait : l'orteil du pied droit se

place exactement sur la même ligne que le talon du gauche.

YVES
Impressionnant.

Yves, hilare, se lève, prend la pose, et, poing sur la hanche, esquisse quelques pas en essayant d'imiter Marilyn.

YVES
Eh eh eh… Pas facile… *(Il balance son corps de droite à gauche.)* Ah si, j'y suis…

SIMONE *(l'admirant, amusée)*
Je crois que tu as définitivement trouvé ton style.

Ils rient. Arthur reste de marbre.

SIMONE
Attends, fais plutôt comme ça…

Simone s'est levée à son tour, corrige une posture d'Yves et lui fait une petite démonstration. Puis ils marchent côte à côte en swinguant du pelvis.

Marilyn entre et les regarde, tout sourire :

MARILYN

Qu'est-ce qui se passe ?

Yves et Simone s'arrêtent, gênés.

Arthur Miller répond sans regarder personne.

ARTHUR

Ils jouent à être Marilyn.

Marilyn, adorable, les contemple.

MARILYN

C'est moi la meilleure, à ce jeu-là.

SIMONE

Sans aucun doute ! Je ne fais pas le poids.

MARILYN

Trente-cinq ans de travail !

SIMONE

Ah non, non, non, ce n'est pas fabriqué, ça relève du don ! Déjà, il faut posséder des hanches qui supportent de se déhancher sans flancher.

YVES

C'est vrai.

SIMONE

Et puis il faut ta fraîcheur, ta grâce, ton ingénuité, ta pureté… pour que ce soit beau… comme toi.

Marilyn observe Simone et constate qu'elle est parfaitement sincère. Elle s'éclaire, heureuse.

MARILYN

Si tu veux, ma coloriste arrive samedi. Tu devrais en profiter. Je la fais venir par avion de San Diego, je lui envoie une limousine, je la bourre de caviar et de champagne, et, contre ça plus quelques dollars, elle me fait mon blond platine.

YVES

Oh, je croyais que…

MARILYN *(vivement à Yves)*

Je suis une vraie blonde, mais pas platine. Personne n'est naturellement comme ça. *(À Simone.)* Pearl travaillait pour Jean Harlow, mon idole.

SIMONE

L'actrice des années trente qui est morte si jeune ?

MARILYN *(vivement)*

À vingt-six ans. Je l'adorais. *(Un temps.)* Moi aussi, je mourrai jeune.

Arthur se retourne brusquement vers elle en entendant ces mots.

ARTHUR

Marilyn, qu'est-ce que… ?

MARILYN *(jouant l'innocente)*

Rien. Je n'ai rien dit. Et tu n'as rien entendu. D'ailleurs personne n'a rien entendu.

Moment de gêne.

ARTHUR

Tu me fais de la peine quand tu dis ça.

MARILYN

Tant mieux.

ARTHUR

Quoi ? Tu es contente de me faire de la peine ?

MARILYN

Non, je suis contente que tu éprouves un sentiment.

Moment de froid entre eux.

Simone et Yves s'efforcent d'apaiser l'atmosphère. Yves saisit la bouteille de champagne des mains de Marilyn.

YVES

Je vais ouvrir cette bouteille.

SIMONE *(attrapant le téléphone)*

Et moi commander d'autres canapés.

ARTHUR

À mon avis, ta Pearl n'a jamais rencontré Jean Harlow.

MARILYN

Si.

ARTHUR

Elle essaie de t'en convaincre.

MARILYN

Dis tout de suite que je suis une idiote.

ARTHUR

Ce n'est pas toi que je critique, Marilyn, c'est elle. Je reste persuadé que cette femme est une mythomane.

MARILYN

Et ce blond-là, mon blond, c'est de la mythomanie ?

Simone intervient pour calmer le jeu.

SIMONE

Ce blond-là, ce n'est pas de la mythomanie, c'est un mythe ! Le mythe Marilyn. Je serais ravie de faire ça avec toi samedi, Marilyn, et très honorée. Merci beaucoup.

MARILYN

Avec plaisir, Simone. Tu verras, Pearl nous racontera plein d'histoires très drôles sur Jean Harlow… *(fixant Arthur)*… qu'elle a si bien connue.

Arthur détourne la tête, vaincu.

YVES *(entre ses dents)*

Simone, fais quelque chose, fais quelque chose.

Simone tente de détendre l'atmosphère.

SIMONE

Montand, tu nous avais promis le portrait d'un oiseau.

MARILYN

Ah oui ! Mais qu'est-ce que c'est, le portrait d'un oiseau ?

SIMONE

Les conseils d'un poète de chez nous.

MARILYN *(comme une enfant)*

Oh oui, je veux, je veux, je veux.

Devant l'excitation de son épouse, Arthur Miller, dépité, s'empare d'un livre, *La Nausée*, de Sartre, et se plonge dedans.

Montand commence son numéro et, en une seconde, se transforme en magicien, et change le salon en une scène qu'il occupe avec intensité.

YVES

Pour faire le portrait d'un oiseau
Peindre d'abord une cage
Avec une porte ouverte
Peindre ensuite
Quelque chose de joli

Il fait apparaître une fleur qui semble surgir des cheveux de Simone.

YVES
Quelque chose de simple
Quelque chose de beau
Quelque chose d'utile pour l'oiseau

Il fait apparaître une seconde fleur dans les cheveux de Marilyn. Les deux femmes rient.

YVES
Placer ensuite la toile contre un arbre
Dans un jardin
Dans un bois
Ou dans une forêt

Il mime l'action.

YVES
Se cacher derrière l'arbre
Sans rien dire
Sans bouger
Parfois l'oiseau arrive vite

Après avoir pris la pose de l'homme qui guette, il fait l'oiseau guilleret qui atterrit en battant des ailes et en se trémoussant.

YVES

Mais il peut aussi bien mettre de longues années
Avant de se décider

Il traverse la pièce en figurant l'oiseau hésitant, fourbu, ce qui amuse beaucoup les femmes.

YVES

Ne pas se décourager
Attendre
Attendre s'il le faut pendant des années
La vitesse ou la lenteur de l'arrivée
de l'oiseau
N'ayant aucun rapport
Avec la réussite du tableau

Il bâille pour feindre l'ennui puis se ressaisit.

YVES

Quand l'oiseau arrive
S'il arrive
Observer le plus profond silence

Il fait signe aux femmes d'arrêter de glousser.

YVES

Attendre que l'oiseau entre dans la cage
Et quand il est entré
Fermer doucement la porte avec le pinceau

Tel un prestidigitateur, il fait apparaître un pinceau et reprend sa pantomime parfaite, exacte, élégante, précise, digne de Marcel Marceau.

YVES

Puis
Effacer un à un tous les barreaux
En ayant soin de ne toucher aucune des plumes de l'oiseau
Faire ensuite le portrait de l'arbre
En choisissant la plus belle de ses branches
Pour l'oiseau
Peindre aussi le vert feuillage et la fraîcheur du vent
La poussière du soleil
Et le bruit des bêtes de l'herbe dans la chaleur de l'été

Avec d'amples gestes de magicien, il fait disparaître dans les airs le pinceau, qui devient de la poussière dorée. Murmure des femmes émerveillées.

YVES

Et puis attendre que l'oiseau se décide à chanter

Avec drôlerie, il imite un oisillon qui ouvre la bouche sans émettre aucun son.

YVES

Si l'oiseau ne chante pas
C'est mauvais signe
Signe que le tableau est mauvais

Il se met soudain à siffloter de façon merveilleuse, volubile et très sexy.

YVES

Mais s'il chante c'est bon signe
Signe que vous pouvez signer

Il brandit deux plumes colorées qui étaient cachées dans ses manches.

YVES

Alors vous arrachez tout doucement
Une des plumes de l'oiseau
Et vous écrivez votre nom dans un coin du tableau.

Il chatouille les joues des deux femmes avec ses plumes, comme s'il y apposait sa signature, puis les salue.

Elles applaudissent.

MARILYN

J'adore ! Encore… encore… Tu as vu, Arthur ? Tu as vu ?

Arthur relève la tête et esquisse un sourire forcé.

YVES *(grommelant)*

Simone, fais quelque chose, sinon le sinistre, là, je le tue.

SIMONE

Alors, vous commencez tous les deux le tournage lundi. Le trac ?

YVES

Le pire de ma vie.

SIMONE

Vive le trac ! Sans lui, rien ne se ferait.

MARILYN

Je n'ai jamais compris ce que c'était, le trac.

SIMONE

On en parle comme d'une peur, mais c'est surtout de l'impatience : on a hâte de jouer, on ne supporte plus d'attendre. Le moment qui nous sépare du plateau nous devient invivable.

MARILYN

Alors je n'ai jamais eu le trac.

YVES

Quelle chance !

MARILYN

Parce que je n'ai jamais eu envie de jouer.

SIMONE

Marilyn, tu es une grande actrice.

MARILYN *(surprise et touchée)*

Ah bon ? Merci… Peut-être… Je ne sais pas… Quand on plaît au public, on n'a pas besoin d'être actrice. *(Simone n'est pas du même avis mais s'abstient d'intervenir.)* Je m'efforce de bien jouer, mais je n'en ai jamais envie. Les photos, oui, j'adore. Mais jouer…

ARTHUR

Je crois que tu as le trac, Marilyn, et sans doute le plus grand trac qui soit au monde. *(À Yves et à Simone.)* Elle est terrorisée avant de tourner.

MARILYN *(confirmant)*

Avant, pendant, après.

ARTHUR

Elle appréhende tellement ce moment que certains jours, elle a du mal à se rendre sur le plateau.

YVES

Ah non, tu ne vas pas me faire ça !

MARILYN

Yves, tu vas voir lundi ce que c'est de tourner avec la pire actrice du monde. À chaque seconde, je voudrais disparaître.

SIMONE

Le contraire de ce qu'on voit à l'écran.

MARILYN

Je voudrais disparaître à chaque seconde hors de l'image, ou dans l'image, je m'en fous, mais disparaître.

YVES

Si tu as peur, imagine ma peur à moi. Je joue dans une langue qui n'est pas la mienne. Je ne parlais pas un mot d'américain il y a quelques mois. Je suis mort de trouille.

MARILYN *(émue)*

Vraiment ?

YVES

Oh, putain, oui !

Marilyn est très touchée par cet aveu de vulnérabilité.

MARILYN

J'adore ton mari, Simone.

SIMONE

Moi aussi, Marilyn.

MARILYN

Papa, ressers-moi du champagne.

Arthur s'exécute, résigné.
Puis il se lève et s'adresse à Simone :

ARTHUR

Simone, j'ai préparé ce que tu m'as demandé : les photos des diverses productions de ma pièce, notre pièce, *Les Sorcières de Salem*. Allons les voir à côté, veux-tu ?

SIMONE

Parfait, je te suis.

Arthur et Simone se lèvent. Pendant ce temps, Marilyn sirote en regardant Yves du coin de l'œil.

YVES

C'est amusant que nous soyons voisins de bungalow. J'imaginais que vous auriez une maison à Los Angeles.

ARTHUR

Une maison dans ce nid de riches ? Non, Los Angeles est trop tristement parfait. Nous préférons New York. L'hôtel correspond à ce que nous sommes : en transit. Los Angeles représente pour les artistes l'équivalent de Washington pour les politiciens : un lieu de passage. Personne n'est d'ici.

MARILYN *(un peu saoule)*

Si, moi.

ARTHUR
C'est vrai.

MARILYN
Mais je déteste. *(Elle se tourne vers Yves.)* Je suis née sur la plage.

YVES *(charmeur)*
Dans un coquillage ?

MARILYN
Exactement.

Elle se ressert une coupe.

ARTHUR *(inquiet)*
Marilyn, tu bois trop.

MARILYN
Fous-moi la paix.

Arthur et Simone quittent la pièce.
Yves et Marilyn se sourient.

YVES *(charmeur et gêné)*
Je… je n'arrive pas à croire que tu es Marilyn Monroe.

MARILYN

En fait, je n'en suis pas sûre non plus. Je le suppose, puisque tout le monde le dit.

Elle lève son verre.

MARILYN

À nous ! J'ai voulu avoir Yves Montand, je l'ai eu !

Yves, très troublé, ne sait plus comment se comporter. Marilyn se rend compte que la bretelle de sa robe a glissé de son épaule.

MARILYN

Oups ! J'ai encore perdu ma bretelle.

Elle la rajuste sensuellement. Se sentant irrésistiblement attiré par elle, Yves se lève et crie aux autres :

YVES

Simone… Simone… Arthur… je vous suis… on vous suit…

Il s'enfuit plus qu'il ne part.
Marilyn reste seule.

Noir.

3

La lumière isole un clap de cinéma.

LA VOIX D'UN TECHNICIEN *(off)*

Faisons l'amour, séquence 6, première prise.

Le technicien actionne le clap puis se retire. Le faisceau de lumière s'élargit légèrement et l'on voit Marilyn, assise, prête à être filmée en gros plan.

La scène se passe au studio de la Fox.

LA VOIX DE GEORGE CUKOR *(off)*

Action !

MARILYN

Je… je… *(Cessant de jouer et pouffant.)* Qu'est-ce que je dis, déjà ?

De l'autre côté, la lumière isole Montand, assis lui aussi, qui attend son tour en se rongeant les ongles.

Retour de la lumière sur Marilyn.

LA VOIX D'UN TECHNICIEN *(off)*

Faisons l'amour, séquence 6, prise 10.

Le clap retentit. Le technicien se retire.

LA VOIX DE GEORGE CUKOR *(off)*

Action !

MARILYN

Je ne pensais pas que vous, vous me… *(Cessant de jouer.)* Comment dois-je le faire ? Quelle intention ? Je lui en veux ou je suis de bonne foi ?

De l'autre côté, la lumière montre Montand qui s'inquiète de voir sa partenaire patauger à ce point.

Retour de la lumière sur Marilyn.

LA VOIX D'UN TECHNICIEN *(off)*

Faisons l'amour, séquence 6, prise 25.

Le clap retentit. Le technicien se retire.

LA VOIX DE GEORGE CUKOR *(off)*
Action !

MARILYN
Je ne pensais pas que vous, vous me demanderiez une chose pareille ! Qu'est-ce que… *(Cessant de jouer.)* Quelqu'un a fait un drôle de bruit ! Si ! Ça m'a déconcentrée. Vous n'avez pas entendu ? Non ?

De l'autre côté, Montand s'impatiente.

Retour de la lumière sur Marilyn, mais Montand reste aussi éclairé. Très anxieux, il souffle de loin son texte à sa partenaire en articulant silencieusement.

LA VOIX D'UN TECHNICIEN *(off)*
Faisons l'amour, séquence 6, prise 40.

Le clap retentit. Le technicien se retire.

LA VOIX DE GEORGE CUKOR *(off)*
Action !

MARILYN
Je ne pensais pas que vous, vous me demanderiez une chose pareille ! Qu'est-ce que cela signifie ? On ne m'a pas parlé ainsi

depuis l'âge de… *(Cessant de jouer.)* Ma mèche, là, elle ne s'est pas déplacée ?

Montand est catastrophé.

LA VOIX D'UN TECHNICIEN *(off)*
Faisons l'amour, séquence 6, prise 60.

Le clap retentit. Le technicien se retire.

MARILYN
Stop ! Quelle heure est-il ?

LA VOIX DU TECHNICIEN *(off)*
Seize heures, mademoiselle Monroe.

MARILYN
Oh, déjà ? J'ai rendez-vous chez mon psy dans une heure. *(Elle s'adresse au metteur en scène.)* Vous êtes prêt ?

LA VOIX DE GEORGE CUKOR *(off)*
Action !

MARILYN
Je ne pensais pas que vous, vous me demanderiez une chose pareille ! Qu'est-ce que cela signifie ? On ne m'a pas parlé ainsi depuis l'âge de quinze ans. Avez-vous l'habitude

de traiter les femmes de cette manière, monsieur ? Si c'est le cas, plutôt qu'au cabaret, vous devriez vous consacrer à l'élevage de chevaux. Et encore, je doute que vous trouviez même des bourrins qui apprécient vos manières. Sur ce, au revoir, monsieur.

Et Marilyn se lève, part dans le noir en chuchotant :

MARILYN

Désolée, j'ai mon psy…

LA VOIX DE GEORGE CUKOR *(off)*

Coupez ! C'est dans la boîte. Maintenant, il nous reste dix minutes pour Monsieur Montand.

Visage effrayé de Montand.

Noir.

4

Après-midi californien. Les lamelles des stores découpent les rayons du soleil au-dehors.

Simone lit, assise sur le sofa.

Du bungalow d'à côté, le 21, provient le bruit d'une machine à écrire.

La sonnette retentit.

SIMONE *(sans relever la tête de son livre)*

Entrez.

Le groom apporte un plateau.

LE GROOM

Voici votre thé pour deux personnes.

SIMONE

Merci. Posez-le sur la table basse.

Il s'exécute puis la regarde avec insistance en quémandant son attention. Comme elle demeure absorbée par sa lecture, il se racle la gorge.

LE GROOM

Puis-je me permettre, madame Signoret ? Hier soir, j'ai vu votre film, *Les Chemins de la haute ville*, au cinéma Excelsior. Tout le monde sait que l'Excelsior passe les meilleurs films. Je l'ai beaucoup aimé.

SIMONE *(relevant la tête, charmée)*

Ah oui ?

LE GROOM

Vous êtes formidable dans ce rôle. Quel personnage, cette Alice !

SIMONE

Je dois avouer que j'ai eu de la chance, les scénaristes m'ont gâtée.

LE GROOM

C'est tellement attendrissant, cette vieille femme amoureuse d'un jeune homme… cet ultime espoir… cet automne avant l'hiver…

Simone n'apprécie pas beaucoup l'image qu'il lui renvoie d'elle et répond en souriant :

SIMONE
Je me suis un peu vieillie pour le film.

LE GROOM
Oh, mais tellement bien… tellement bien…

SIMONE *(légèrement agacée)*
Merci pour le thé.

Elle saisit le téléphone et compose le 21. Les crépitements de la machine à écrire s'interrompent.

SIMONE *(au combiné)*
C'est l'heure du thé. Je t'attends.

Elle raccroche. Presque immédiatement, croisant le groom qui sort, Arthur Miller entre dans la pièce.

ARTHUR
Merci de sonner le gong : tu me sauves de ma mission impossible.

SIMONE
Laquelle ?

ARTHUR

Donner un peu de profondeur au film que tournent nos conjoints. Chaque jour, je récris les scènes à venir.

Elle hausse légèrement les épaules.

SIMONE

Pardonne-moi, Arthur, mais est-ce bien utile ? Ils jouent une bluette, une comédie musicale dont le succès ne tiendra qu'à leur charme. On ne peut pas transformer une libellule en éléphant.

ARTHUR

Marilyn me l'a demandé. Je le fais pour elle. Et je rédige aussi le scénario des *Misfits* pour lui offrir son premier rôle dramatique. Que lis-tu aujourd'hui ?

SIMONE

Jean-Paul Sartre.

ARTHUR

Le philosophe ?

SIMONE

Je ne suis pas toujours d'accord avec lui, mais nous avons beaucoup de choses en commun. Nous sommes fiancés à la même personne.

ARTHUR

Pardon ?

SIMONE

Au parti communiste. Raison pour laquelle, d'ailleurs, il nous a fallu, à Montand et à moi, patienter si longtemps pour obtenir un visa et venir ici, aux États-Unis. Il a fallu attendre la fin du maccarthysme. Mais ne reparlons pas de ça. Tout ce que tu m'as raconté hier sur les soupçons, ton procès, ta défense m'a torturée cette nuit.

ARTHUR

Désolé. Tournons la page, effectivement.

Elle soupire, satisfaite.

SIMONE

Je n'attendais rien de l'Amérique, et nous vivons un moment de bonheur parfait.

ARTHUR
Profitez, savourez, le bonheur est volatil.

Simone le regarde.

SIMONE
Tu sais que votre couple, Marilyn et toi, fait rêver le monde entier.

ARTHUR *(les paupières baissées)*
Mais nous, Marilyn et moi, nous fait-il encore rêver ?

SIMONE
Ah…

ARTHUR
Chacun de nous a cru qu'il allait révolutionner la vie de l'autre, lui apporter ce qu'il n'avait pas. Marilyn rêvait de considération, d'art, de culture, et nous avons passé des soirées passionnantes à écouter de la musique classique, à lire des poèmes, des romans, des pièces. Moi de mon côté… *(Il soupire, nostalgique.)* Avant Marilyn, j'avais l'impression de n'avoir jamais fait que travailler. Certes, j'ai été marié, j'ai eu des aventures, mais les aventures se ressemblent toutes.

SIMONE

Et là ?

ARTHUR

Et là, c'est devenu unique. *(Il s'anime soudain.)* Mon environnement habituel se réduit à quatre murs autour d'une machine à écrire. Alors, Marilyn… *(Plissant les yeux.)* Je l'ai vue arriver dans une soirée hollywoodienne à l'époque où elle n'était ni star ni starlette, n'ayant tourné que des troisièmes rôles. Elle est apparue et, comme tous les invités, je n'ai plus pu détacher mes yeux d'elle. L'oiseau semblait étranger à la volière. Tandis que les femmes présentes affirmaient leur statut mondain en pratiquant la discrétion, Marilyn est entrée avec tout son corps, son corps qui roule, son corps qui ondule, son corps qui frémit, son corps moulé dans une robe légère, son corps offert, dénudé aux épaules, à la poitrine, aux bras, son corps qui se balançait sur ses jambes fermes et sensuelles. Elle attirait les regards, les mains, la peau des hommes, et cependant elle semblait seule au monde. Une autre aurait été obscène. Pas elle. Alors j'ai senti.

SIMONE

Quoi ?

ARTHUR

Le phénomène. Ce qui changeait dans l'atmosphère. Elle irradiait la lumière du désir, plus forte que toutes les règles, les interdits, la fausse morale. Elle nous lavait du péché. Elle faisait voler en éclats le puritanisme. Car elle rendait l'appétit de la chair normal, vital, pur, innocent, sans honte. Maintenant, je le dis pour l'avoir vécu : on ne se sent coupable de rien dans les bras de Marilyn, on est pardonné.

SIMONE

Pardonné de quoi ?

ARTHUR

D'être un homme. D'être concupiscent. De rechercher le sexe. De s'enivrer d'amour. Marilyn guérit, Simone.

SIMONE

Tu l'aimes.

ARTHUR

Je l'aime, mais ça ne sert à rien.

SIMONE

Quoi ?

ARTHUR

Enfin, ça ne lui sert à rien. Marilyn nous guérit, mais elle, rien ne la guérit. Son enfance pèse trop lourd. Une mère folle, un père absent.

SIMONE

Raison pour laquelle elle t'appelle Papa ?

ARTHUR

Au début, je croyais à une taquinerie, puis ça s'est installé. Marilyn a été blessée, abusée, victime d'indifférence. À trente-quatre ans, elle se perçoit toujours comme une enfant abandonnée, insignifiante, sans importance. Elle ne se rassure qu'en plaisant, mais, bien évidemment, ça ne comble pas le gouffre. Au contraire même, ça le creuse ! Elle méprise la séduction, qui l'a pourtant transformée en reine du monde.

SIMONE

Elle t'aime.

ARTHUR

Elle aime être aimée de moi. Je suis un figurant dans sa vie, venu interpréter un rôle auprès d'une femme avide d'être acceptée par les gens qu'elle respecte. C'est pour cela, Simone, qu'elle t'apprécie beaucoup. Tu ne te contentes pas d'être belle, tu es brillante, engagée, cultivée, tu parles trois langues parfaitement, tu lis, tu réfléchis. Ta compagnie la valorise.

SIMONE

Allons, allons. Je veux croire que vous traversez une mauvaise passe : elle t'aime, tu l'aimes.

ARTHUR

Comme tu es française !

SIMONE

Pardon ?

ARTHUR

Ce romantisme… Qui a décrété que l'amour apporte une solution à nos problèmes, alors que le plus souvent il les crée ?

Simone est médusée par cette remarque qui remet tellement en question sa vision du monde.

Yves apparaît sur le seuil, de retour du studio.

YVES

C'est moi !

Simone se redresse.

SIMONE

Alors, une bonne journée de tournage ?

YVES *(découvrant la présence d'Arthur)*

Bonsoir… euh… *(Cherchant son prénom.)* Arthur.

ARTHUR

Bonsoir.

YVES *(tâchant de cacher sa méfiance instinctive)*

Décidément, vous ne vous quittez plus, tous les deux ?

SIMONE

Tout à fait. Nous nous sommes mis au thé afin d'avoir une raison quotidienne de nous retrouver. Tu n'as pas répondu à ma question : comment ça s'est passé aujourd'hui ?

YVES

Pas trop mal. *(Il se tourne vers Arthur.)* Marilyn n'avait qu'une heure de retard. J'en ai profité pour perfectionner mon anglais.

ARTHUR

Une heure ? On est plutôt dans une bonne moyenne.

YVES

Ah ouais ? Si elle fait mieux la prochaine fois, je me mets au chinois. *(Il bouillonne intérieurement, mais tente de se calmer.)* Je vais prendre une douche, ça me fera du bien.

Et il disparaît.

SIMONE

N'oublie pas que tout à l'heure, nous avons la séance de photos.

YVES

Merde ! C'est ce soir ?

SIMONE

Oui. Les deux couples dînant ensemble. Les Montand reçoivent les Miller. *(À Arthur.)* C'est bien ce qu'a décidé l'attaché de presse ?

ARTHUR

Exact.

YVES

Et Marilyn arrivera avec combien d'heures de retard ?

ARTHUR

Pour les photos, elle est toujours ponctuelle.

YVES

C'est ce que je calculais : à peu près une heure, une heure et demie de retard.

SIMONE *(le grondant)*

Montand !

Yves disparaît au fond de l'appartement.

ARTHUR

Je te laisse, tu veux sans doute te préparer.

SIMONE

Non, non, ça ne prendra pas longtemps.

Cette remarque décontenance Arthur.

ARTHUR

À Marilyn, il faut au minimum deux heures pour être Marilyn.

SIMONE *(spontanément)*

Oh quelle horreur !

ARTHUR

Elle passe du laisser-aller total à la plus haute sophistication. Soit elle traîne en peignoir en espérant ne croiser personne, soit elle se métamorphose en vamp. Elle tient toujours à être belle en public.

SIMONE *(orgueilleusement)*

Eh bien moi, je suis belle quand je veux.

Arthur la regarde avec admiration.

ARTHUR

Je ne te dis pas ce que je pense de toi, Simone : cela ressemblerait à un début d'adultère.

Surprise, elle marque un temps, puis son rire se joint à celui d'Arthur.

Marilyn entre à cet instant, ravissante, dans une robe qui la met superbement en valeur.

MARILYN

Qu'est-ce que j'ai raté ?

ARTHUR
On parlait de Jean-Paul Sartre.

MARILYN
De ?

ARTHUR
Jean-Paul Sartre. Un intellectuel français.

MARILYN
Un intellectuel qui fait rire ? Faudra me le présenter, celui-là.

Arthur ne relève pas la pique. Elle s'approche d'eux et se laisse tomber sur le canapé. Son visage se décompose subitement.

MARILYN
Est-ce qu'on peut mourir de fatigue ? Parce que, alors, je vais mourir, là.

YVES *(criant)*
Simone ! Où est ma ceinture en daim ? Et mes chaussures italiennes ? Simone !

À la voix de son homme, Simone se lève précipitamment. Avant de le rejoindre, elle lance à Marilyn et à Arthur :

SIMONE

Excusez-moi, je vous laisse un instant, je dois intervenir si je veux éviter l'orage.

Simone sort.

Marilyn et Arthur demeurent silencieux.

ARTHUR

Tu rentres plus tôt que d'habitude.

MARILYN

Mon psy ne pouvait pas me recevoir, aujourd'hui.

Elle demeure assise, inexpressive. Il la regarde longuement.

ARTHUR

Tu es la femme la plus triste que j'aie jamais rencontrée.

Marilyn s'anime et le regarde avec les yeux écarquillés, contente :

MARILYN

Oh… c'est si gentil de dire ça.

ARTHUR

Gentil ?

MARILYN *(réellement enthousiaste)*

Tu t'en es rendu compte. Merci, Papa, merci.

Il n'y a pas une once d'ironie dans sa réaction, elle estime qu'il lui a adressé un compliment magnifique. Arthur enchaîne, rassuré :

ARTHUR

Alors, comment ça se passe avec ton petit Français ?

MARILYN

Petit ? Il fait ta taille.

ARTHUR

Comment ça se passe avec ton grand Français ?

MARILYN

Très bien. Il a tellement peur que ça me rassure. *(Un temps.)* Le réalisateur, en revanche, je ne le supporte pas. Cukor me méprise. J'ai accepté de faire le film parce qu'il avait tourné avec Jean Harlow, mais il me fait sentir à chaque instant que je ne suis pas elle.

ARTHUR

Marilyn, qu'est-ce que tu racontes ? George Cukor nous a annoncé qu'il voulait ensuite te faire tourner un film sur la vie de Jean Harlow !

MARILYN

Pourquoi, à ton avis ? *(Elle montre ses cheveux.)* À cause de mes séances avec Pearl. Pour aucune autre raison. Il ne croit pas à mon talent.

ARTHUR

C'est faux.

MARILYN

C'est vrai !

ARTHUR

Tu crois toujours qu'on te méprise.

MARILYN

Parce qu'on me méprise !

ARTHUR

J'ai la conviction profonde que George Cukor te…

MARILYN *(violemment)*

Ne le défends pas. Tu défends toujours mes ennemis.

ARTHUR

Je ne suis pas du côté de tes ennemis lorsque je contredis ta paranoïa, mais du tien.

MARILYN

Non, tu me trahis !

ARTHUR

Marilyn, je passe mon temps à te protéger de ton pire ennemi : toi-même.

Atteinte par cette phrase, Marilyn ne réplique pas et réfléchit.

Un temps d'accalmie.

Elle se tourne vers lui. Il enlève ses lunettes, soupire, et les essuie avec un napperon. Il lève les yeux au ciel.

MARILYN *(neutre)*

Qu'est-ce que tu fais ?

ARTHUR

J'essaie d'apprendre à te perdre, mais je n'en suis pas capable.

Bouleversée, elle devient soudain très attentive, très douce.

MARILYN
Pourquoi serais-tu obligé de me perdre ?

ARTHUR
Je t'ai déjà perdue, je crois. J'essaie de te protéger des autres et souvent de toi-même, mais je n'y arrive pas.

Elle se glisse sur le canapé pour se lover contre lui.

MARILYN
Oh, Papa, tu es si mignon quand tu dis ça.

ARTHUR
Non, Marilyn, je ne suis pas mignon, je suis triste. Quand je prends le parti de tes metteurs en scène pour t'expliquer qu'ils ne te méprisent pas, tu me reproches de passer dans leur camp.

MARILYN *(tendre et ensorcelante)*
C'est bien ce que je disais ; tu es mignon ! Tu ne vois pas le mal, même quand il est flagrant.

Simone revient.

SIMONE
Voilà. La tempête est évitée.

MARILYN
Qu'est-ce qu'il a ?

SIMONE
Il est nerveux à cause de la séance photo de tout à l'heure.

Marilyn se redresse.

MARILYN
Oh mon Dieu, la séance photo !

Marilyn retrouve toute sa vivacité et prend une pose face au miroir à trois pans.

MARILYN
Il faut que je mette une robe un peu plus sexy.

SIMONE *(gentiment)*
Ah oui ? C'est possible ? Ça existe ?

MARILYN

Toi, tu es un chou, ma chérie ! À tout à l'heure.

Marilyn sort prestement pour rejoindre le bungalow 21.

ARTHUR

Tu vois ? Le jour où elle sera morte, il suffira de lui dire : « Voici les photographes » pour qu'elle ressuscite.

SIMONE *(attendrie)*

C'est une enfant.

ARTHUR *(hochant la tête)*

Une enfant coriace puisqu'elle a survécu. *(Un temps.)* Au début, je n'éprouvais que du ravissement quand je la regardais ; maintenant, j'éprouve une certaine douleur. Elle est radieuse et cependant entourée d'obscurité. Elle me rend perplexe.

Il se lève.

ARTHUR

Désolé de t'importuner, Simone, avec mes états d'âme. Je vais me préparer et surtout, je te laisse te préparer. À tout de suite.

Il quitte la pièce.

Yves revient, habillé d'une chemise blanche et d'un pantalon d'été. Il a juste le temps de voir partir Arthur.

YVES *(nerveusement)*
De quoi parliez-vous ?

SIMONE *(songeuse)*
Il me disait que Marilyn le rend perplexe.

YVES *(tonitruant)*
Perplexe ? Marilyn le rend perplexe ? Cet homme est fou.

SIMONE
Chut !

YVES
Mais non, il est parti.

SIMONE
Oui, il va se préparer.

YVES
C'est ça ! Qu'il aille se refaire une laideur. *(Agacé de ne pas arriver à mettre ses*

boutons de manchettes.) Ils m'énervent, ces boutons de manchettes !

SIMONE

Laisse-moi faire.

Simone s'approche et, d'un geste apaisant, l'aide à glisser les boutons dans les fentes des manches.

SIMONE

Tu n'aimes pas Arthur Miller ?

YVES

Si, je l'aime bien, je l'aime beaucoup, je l'adore, je passerais des heures à l'écouter parler ou même à le lire. Simplement, je ne comprends pas ce qu'une fille comme Marilyn, même si elle n'est pas toujours fute-fute, fait avec un échalas aussi sexy qu'une asperge bouillie.

SIMONE

Tu viens pourtant de me l'expliquer : son esprit.

YVES

Simone, arrête tes bêtises. On ne couche pas avec un esprit. Toi, tu es intelligente et cultivée, mais je ne couche pas avec toi uniquement parce que tu es intelligente et cultivée, je couche avec toi aussi parce que tu es belle !

SIMONE

Et quand je ne serai plus belle ?

YVES

Ah, tu ne vas pas me faire un coup pareil, tout de même !

SIMONE

Pas moi, mais le temps.

YVES

Je l'emmerde, le temps, je lui casse la gueule. Il ne touchera pas à ma femme.

Simone sourit devant sa réaction.

YVES

Moi, je vis avec une des plus belles femmes de France.

SIMONE

Une ?

YVES *(corrigeant)*
La plus belle femme de France.

SIMONE
Alors tu ne m'aimeras plus quand je serai vieille, usée, abîmée ?

YVES
Simone, arrête !

SIMONE
Non, ça m'intéresse de le savoir.

Yves réfléchit et s'efforce de répondre avec sincérité :

YVES
Je crois que… toi et moi… c'est autre chose…

SIMONE
Je te le rappellerai, un jour, si tu oublies.

Ils s'embrassent.

Après ce long baiser, elle lui caresse la joue.

SIMONE
Tu piques un peu.

YVES

Bien, mon général, je vais me raser.

Yves sort en direction de la salle de bains. Au dernier moment, il s'arrête.

YVES

Et toi, tu la comprends, Marilyn ?

SIMONE

Pardon ?

YVES

Par rapport à Miller ? Tu comprends qu'elle soit séduite ? Tu aimerais un homme comme ça ? Tu aimes un homme comme ça ? Tu passes tes journées avec lui…

Simone éclate de rire.

SIMONE

Mais tu es jaloux !

YVES *(niant l'évidence avec mauvaise foi)*

Pas du tout. Je ne suis pas jaloux une seconde. Je me renseigne. Je m'informe. Je cherche à savoir si quelque chose a changé dans ce monde qui m'aurait échappé, si, pour plaire aux femmes, il faut désormais être Arthur Miller plutôt que Clark Gable, si je n'ai pas tout faux, si je ne fais pas fausse route, si je dois mettre des lunettes, taper toute la journée sur une stupide machine à écrire et tenir des propos d'intellectuel pour remporter le gros lot.

SIMONE
Tu l'as déjà gagné, le gros lot.

YVES
Alors pour garder le gros lot ! Ça me rend dingue que ce genre d'homme puisse avoir du succès !

Elle rit encore, attendrie par le désarroi qui perce sous la colère d'Yves.

SIMONE
Ne change pas. Surtout, ne change pas. Pour moi, tu es mille fois plus séduisant qu'Arthur, je peux te l'assurer.

YVES
Ah oui ?

SIMONE

Oh oui ! Je prends le thé, avec lui, le thé, si tu vois ce que je veux dire.

YVES

Je peux aussi me mettre au thé !

SIMONE

Pas besoin. Ne modifie rien. Tu es irrésistible, mon amour. D'ailleurs, Marilyn, c'est toi qu'elle a voulu pour le film. Elle pense comme moi. Elle aussi, elle fond devant toi.

YVES *(s'éclairant)*

Tu crois ?

SIMONE

Mais bien sûr !

YVES *(de nouveau gaillard)*

Je vais me raser !

Demeurée seule, Simone prend la housse qui reposait sur une chaise et en sort, encore accrochée au cintre, une robe rouge avec un beau décolleté. Elle la plaque contre elle et se contemple, satisfaite, dans un miroir.

Le groom passe la tête par la porte restée entrouverte.

LE GROOM
Puis-je reprendre le plateau de thé ?

SIMONE
Oui, bien sûr.

Le groom entre et ramasse les tasses.

LE GROOM
Je n'ai pas su vous dire, tout à l'heure, à quel point je vous ai trouvée formidable, madame Signoret, dans *Les Chemins de la haute ville*. Formidable ! Et je m'y connais !

SIMONE *(sans comprendre)*
Vous vous y connaissez ?

LE GROOM
Oui !

SIMONE
En quoi ?

LE GROOM
En comédie. Je sais juger. Je suis moi-même acteur.

SIMONE

Vous ?

LE GROOM

Parfaitement.

SIMONE *(se ressaisissant pour ne pas le vexer)*

Dans quel film ai-je pu vous voir ?

LE GROOM

Le film de votre vie !

SIMONE

Pardon ?

LE GROOM *(au premier degré)*

Ici. Au Beverly Hills Hotel. Dans le rôle du groom.

SIMONE *(amusée)*

Ah, bravo ! Vous êtes excellent ! On… on… on dirait un vrai groom.

LE GROOM *(rougissant)*

Merci. Ça me touche. Surtout venant de vous.

Simone se retient de plus en plus difficilement de pouffer.

LE GROOM
Jouez-vous aussi dans le film que tourne Marilyn Monroe avec votre mari ?

SIMONE
Non.

LE GROOM
C'est dommage, une actrice de votre qualité.

SIMONE *(simplement)*
Il n'y a pas de rôle pour moi.

LE GROOM
Les producteurs ne se rendent pas compte. Ils vous ont là, à disposition, et ils n'en profitent pas. Moi, à leur place, j'aurais fait écrire un rôle à votre mesure, je ne sais pas, moi… la mère de Marilyn…

Simone se fige.

SIMONE
La… ?

LE GROOM

Vous avez la même blondeur.

Simone ne réagit pas.

LE GROOM

Bon, vous devez vous préparer, je vous laisse.

Il sort avec le plateau.
Restée seule, Simone encaisse le coup.

SIMONE

Mais… mais… je n'ai que six ans de plus qu'elle… six ans… *(Elle évacue sa contrariété en criant soudain :)* Quel petit con ! Non, mais quel petit con !

YVES *(criant, off)*

Tu dis, ma chérie ?

SIMONE *(très fort)*

Je dis que le groom est le roi des connards.

YVES *(off)*

Le roi des canards ?

SIMONE *(fort)*

Des connards. Le roi des connards !

YVES *(off)*

Le roi, je ne sais pas, mais le prince, sûrement.

Simone sourit, comme si Yves réagissait aux propos du groom.

Elle s'approche du miroir et plaque de nouveau la robe sur son corps : elle s'examine avec cruauté, puis se penche vers son reflet pour compter ses rides. Elle se hait subitement. Les larmes lui montent aux yeux.

SIMONE *(tremblante)*

Non… non…

Elle s'enfuit dans la chambre, en emportant la robe.

Yves revient dans la pièce, ouvre la porte, regarde dehors et appelle le groom.

YVES

Hello !

Le groom le rejoint sur le seuil.

YVES
Alors, où en êtes-vous ?

LE GROOM
Six cents.

YVES
Six cents ? Et ça représente quoi ?

LE GROOM
L'arrivage d'une semaine.

YVES
Montrez-moi ce que ça donne.

LE GROOM
J'en ai une sur moi, justement.

Il sort une photo d'Yves Montand dédicacée. Yves l'examine.

YVES
Pas mal du tout. On dirait vraiment ma signature.

LE GROOM
Merci.

Yves sort les billets qu'il avait préparés.

YVES

Bravo ! Vous auriez pu être faussaire.

LE GROOM

Je suis comédien, monsieur.

Il empoche les billets.

LE GROOM

En m'engageant ici, on m'avait prévenu que je pourrais gagner plus en signant des photos pour les fans à la place des vedettes.

YVES

Et en les renvoyant par la poste. C'est fait, ça aussi ?

LE GROOM

Ce matin.

YVES

Excellent.

Le groom s'éloigne.

Yves ferme la porte et revient au centre de la pièce. Il regarde sa montre et s'exclame :

YVES

Je ne voudrais pas te brusquer, chérie, mais c'est l'heure de notre séance de photos.

SIMONE *(off)*

J'arrive.

YVES

Oui, s'il te plaît. Prouve-moi, après Marilyn, que le retard n'est pas une composante féminine au même titre que la cellulite.

SIMONE *(off)*

Je n'ai pas un gramme de cellulite.

YVES

C'est vrai. Mais prouve-moi aussi que tu n'as pas un gramme de retard.

Simone débarque dans la pièce, habillée d'un fuseau à carreaux et d'un pull noir qui lui monte jusqu'au cou. Son apparence est très sévère. Comme jamais…
Yves la regarde sans comprendre. Elle soutient son regard.

YVES

C'est une blague ?

Elle ne répond pas. Il rit.

YVES
D'accord, Simone, c'est très drôle. Maintenant, va t'habiller pour les photos.

SIMONE *(butée)*
Je suis habillée.

YVES
Oui, oui, bien sûr, tu es habillée. Mais maintenant, va t'habiller.

Elle ne bouge pas.

YVES *(toujours rieur)*
Tu n'as rien trouvé de plus moche ?

SIMONE
Rien. J'ai cherché pourtant.

La discussion s'échauffe d'un coup.

YVES
Enfin, Simone. Tu fais des photos à côté de Marilyn et tu t'habilles comme ça ?

SIMONE

Exactement. Je fais des photos à côté de Marilyn, donc je n'essaie pas de rivaliser avec Marilyn. Tu voudrais que je me mette les épaules à l'air, la poitrine en avant, avec la bretelle qui tombe sur le coude, comme elle ?

YVES

Simone ! Tu es couverte jusqu'au menton.

SIMONE

Quand tu t'affiches à côté d'un sex-symbol, tu ne te déguises pas en sex-symbol. Tu montres qu'une femme, ça peut être *autrement*, respectable et digne sans se transformer en étal de boucher !

YVES *(en macho latin)*

Oui, mais moi ! Moi ! Moi ! Tu penses à moi ?

SIMONE

Exactement, je pense à toi ! Je croyais que tu étais fier d'avoir une femme qui pense, qui lit, qui réfléchit.

YVES

Ah oui, c'est une question de décolleté ? *(Il met ses mains au niveau de la poitrine.)* Je ne pense pas. *(Il monte ses mains jusqu'au menton.)* Je pense ! *(Il arpente la pièce en faisant le dindon et en bougeant ses mains.)* Je ne pense pas. Je pense. Je ne pense pas. Je pense. Qu'est-ce que je fais, là ? Je pense.

Elle a envie de rire, mais elle se retient.

YVES

Eh bien dans ce cas, mets une cagoule : on te prendra pour Simone de Beauvoir !

À cet instant, le groom sonne à la porte.

LE GROOM *(off)*

Les photographes arrivent.

Yves crie à la cantonade :

YVES

Un instant. *(À Simone, à voix basse.)* Va te changer.

SIMONE

Non.

YVES

Je t'accorde deux minutes pour aller te changer.

SIMONE *(à Yves, à voix basse et ferme)*

Montand, on arrête là. *(À la cantonade, à voix haute.)* Entrez !

YVES *(à voix haute, à la cantonade, charmeur)*

Mais oui, mais oui, entrez. *(Il marmonne, furieux.)* Je te jure, Simone : je me le rappellerai. *(Avec les gestes.)* Je pense. Je ne pense pas.

Elle imite ses gestes (je pense, je ne pense pas) et ils se dirigent tous les deux vers la porte pour l'ouvrir.

Noir.

5

La lumière isole un clap dans le studio de la Fox.

LA VOIX DU TECHNICIEN
Faisons l'amour, séquence 13, prise 1.

Le technicien fait retentir le clap et se retire. On découvre la chaise vide sur laquelle est censée se trouver Marilyn.

LA VOIX DE GEORGE CUKOR *(off tonitruant)*
Où est Mademoiselle Monroe ?

LA VOIX DE LA SCRIPT *(off)*
Elle vient d'arriver au maquillage, monsieur Cukor.

LA VOIX DE GEORGE CUKOR *(off)*

Tout est prêt depuis deux heures, la lumière, la caméra. Je ne suis pas ici pour faire répéter le claqueur.

LA VOIX DU TECHNICIEN *(off)*

Voulez-vous que je recommence, monsieur Cukor ?

LA VOIX DE GEORGE CUKOR *(off)*

Foutez-moi la paix. Si elle n'est pas là dans cinq minutes, je monte à la production pour qu'on change de comédienne !

Marilyn se glisse alors sur la chaise et renverse la tête en arrière. Elle prend magnifiquement la lumière.

MARILYN

À moins qu'on ne change de metteur en scène ?

Silence de mort dans le studio.

MARILYN *(comme si de rien n'était, soudain charmante)*

Bonjour, monsieur Cukor. Excusez-moi pour ce léger retard.

LA VOIX DE GEORGE CUKOR *(off, se radoucissant)*
Bonjour, Marilyn. Ravi de vous voir.

MARILYN
Moi aussi, monsieur Cukor.

LA VOIX DE GEORGE CUKOR *(off, rageur)*
Action !

Noir.

6

Arthur tape un texte sur sa machine portative pendant que, à deux mètres de lui, Simone lit *Réflexions sur la peine capitale* d'Albert Camus et Arthur Koestler.

Douceur d'un après-midi paisible.

On sonne à la porte.

Arthur, concentré, ne réagit pas. Prenant garde à ne pas faire de bruit, Simone va ouvrir au groom.

LE GROOM

Bonjour, madame Signoret, je viens de commencer mon service. On m'a dit de débarrasser chez vous.

SIMONE

Oui, merci.

Le groom enlève les assiettes et les plats.

LE GROOM

Alors, vous vous êtes mise à la cuisine !

SIMONE

Tout à fait.

LE GROOM

Que cuisinez-vous ?

SIMONE

La question n'est pas « que », mais « comment ».

LE GROOM

Comment cuisinez-vous ?

SIMONE

À la salive.

Devant le groom interloqué, elle s'empare du téléphone.

SIMONE

Allô, pouvez-vous nous monter deux salades de fruits, s'il vous plaît ?

Elle raccroche.

SIMONE *(expliquant au groom)*

Je cuisine à la salive : je donne des ordres. Une recette rapide et efficace, des résultats garantis.

Le groom sort. Arthur, son texte achevé, extrait la feuille de la machine et la glisse dans une pochette qui contient le scénario.

ARTHUR

Voilà. J'ai fini la troisième version des *Misfits*. Nous allons pouvoir en discuter avec John Huston. Il m'attend à Dublin.

SIMONE

Je croyais qu'il habitait Hollywood.

ARTHUR

Pas du tout. Il est retourné vivre en Irlande. Excellente initiative : Los Angeles rend fou.

SIMONE

Moi, j'apprécie beaucoup. Une ville toute rose…

ARTHUR *(l'interrompant)*

… à cause de la pollution…

SIMONE

… qui sent le rouge à lèvres.

ARTHUR

Pour moi, elle sent le chlore. *(Satisfait, il lâche un soupir en rangeant sa machine à écrire dans une housse.)* Nous venons d'avoir l'accord de Montgomery Clift pour jouer face à Marilyn.

SIMONE

Formidable. Il convient exactement au rôle.

Arthur la regarde, admiratif.

ARTHUR

Félicitations encore une fois, Simone, pour ta nomination aux Oscars.

SIMONE *(rougissante)*

Je me pince pour le croire. Je suis tellement impressionnée quand je considère les actrices à côté desquelles je me trouve : Katharine Hepburn, Elizabeth Taylor, Audrey Hepburn, Doris Day.

ARTHUR

Tu le mérites.

Yves entre. Il revient du studio.

YVES

C'est moi !

SIMONE

Voici le grand.

YVES

Ah, bonjour, Arthur. Toujours là ?

ARTHUR

Oh, plus pour longtemps. Je pars tout à l'heure pour l'Irlande.

YVES

Quel dommage ! Simone va se sentir bien seule.

SIMONE

Ne t'inquiète pas pour moi.

ARTHUR

Comment s'est passé le tournage aujourd'hui ?

YVES

Marilyn avait trois heures de retard, mais une fois qu'elle a consenti à nous rejoindre, elle a été parfaite.

SIMONE

Trois heures ?

YVES

C'est usant.

ARTHUR

En se faisant attendre, elle s'assure qu'on l'aime. À ses yeux, si on aime, on attend.

YVES

Elle se goure, la Marilyn. Si celui qui aime attend, celui qui attend n'aime pas forcément. Il déteste même. Tout le monde commence à la haïr pour ses retards.

ARTHUR

Si elle saisissait cela, elle ne serait plus Marilyn. Je vous laisse, mes amis. Je boucle mes bagages et je reviens vous saluer.

Arthur disparaît. Montand fixe longuement la porte.

YVES

Il sort toujours quand j'arrive. Ça ne te rappelle rien ?

SIMONE

Non.

YVES

Une pièce de boulevard : l'amant s'éclipse lorsque rentre le mari.

Simone éclate de rire.

SIMONE

Je vois difficilement Arthur dans une pièce de boulevard. Et moi non plus, d'ailleurs.

YVES

Eh bien moi, je m'y vois bien. *(Haussant le ton.)* Avec des cornes. *(Écarlate.)* Qu'est-ce que tu fais tous les après-midi avec lui ?

SIMONE *(riant)*

Montand, arrête, je t'en supplie. Ne sois pas jaloux d'Arthur.

YVES

Et pourquoi ? Quand je veux savoir où est Arthur Miller, j'ai toujours la réponse : il est avec ma femme, pas avec la sienne.

SIMONE

Évidemment, elle tourne ! Avec toi, d'ailleurs.

YVES

Mouais, c'est trop facile, ça, comme argument.

SIMONE

Montand, comment peux-tu imaginer une seconde que je sois attirée par Arthur, enfin, autrement qu'intellectuellement ?

YVES

Et pourquoi pas ? Marilyn Monroe l'est bien, elle, attirée par Arthur Miller. Pourquoi Simone Signoret ne le serait-elle pas ?

SIMONE

Parce que Simone Signoret est amoureuse d'Yves Montand.

Yves, un peu calmé, grommelle :

YVES

Bon, d'accord.

On sonne. Simone ouvre. Marilyn entre.

MARILYN

Bonjour, Simone, je t'ai apporté un petit cadeau.

SIMONE

Oh, encore ! Tu me couvres de cadeaux, Marilyn.

MARILYN

Cette fois, c'est pour fêter ta nomination aux Oscars. Je t'ai rapporté ce petit livre de la librairie Pickwick. *Lettres à un jeune poète*, de Rilke.

SIMONE

Merci.

MARILYN

J'adore Rilke. Il a écrit : « La beauté n'est que le commencement du terrible. » Je ne suis pas sûre de comprendre, mais j'aime cette idée.

Elle leur adresse un clin d'œil et s'apprête à repartir.

YVES
Tu as été superbe, dans ta scène, cet après-midi.

MARILYN
Merci.

YVES
Mais pourquoi ne veux-tu plus que le réalisateur t'adresse la parole ?

MARILYN
Cukor ? Je le déteste. Je n'ai accepté le film que parce qu'il a travaillé avec Jean Harlow, mais je le regrette maintenant.

YVES
C'est un grand artiste, il…

MARILYN
Je ne veux plus l'écouter.

YVES
Au fond, tu es beaucoup plus sûre de toi qu'on ne le pense.

MARILYN

Pas du tout. Quand on a conscience d'être une erreur, on n'a pas envie de l'entendre de la bouche des autres.

Elle s'apprête à sortir.

SIMONE

Au fait, je me réjouis d'apprendre que Montgomery Clift va jouer avec toi, dans *Les Misfits*.

MARILYN *(songeuse)*

Oui, c'est bien, c'est un acteur profond… seulement…

SIMONE

Quoi ?

MARILYN

Ça m'étonne toujours qu'un homme ne veuille pas voir mon cul.

Elle sort.

Yves est gêné par cette remarque, tandis que Simone s'en amuse.

SIMONE

Qu'elle est drôle !

YVES

Bon, je vais prendre ma douche.

Simone l'arrête au passage.

SIMONE

Ça sent quoi, pour toi, Los Angeles ?

YVES *(spontané)*

Ça sent le sexe. Et pour toi ?

Simone secoue la tête et désigne un paquet.

SIMONE

Montand, donne-moi ton avis. J'ai acheté une robe pour la cérémonie des Oscars.

Il s'immobilise, inquiet.

YVES

Tu me fais peur.

SIMONE

Pardon ?

YVES

Tu comptes avoir la même allure que pour la séance photo de l'autre jour ? Tu as dégoté une tenue de cosmonaute ?

En riant, elle sort une robe très chic, sexy, avec un décolleté plongeant.

Yves est soulagé.

YVES

Alors là, là, tu me fais plaisir. Je suis tellement fier de toi, mon ange.

Ils s'embrassent.

YVES

Tu vois, cette robe, Marilyn pourrait la mettre.

SIMONE

Donc ?

YVES

Donc, Marilyn n'est pas nommée aux Oscars tandis que toi tu l'es. Mais tu te rendras aux Oscars en étant aussi belle que Marilyn. Ça, c'est ma femme.

Il l'embrasse et s'éclipse vers la salle de bains.

Enchantée, Simone s'assoit pour feuilleter le livre de Rilke.

LE GROOM *(off)*

Room service.

SIMONE *(sans bouger)*

Allez-y. Entrez.

Le groom apporte deux salades de fruits sur un plateau.

LE GROOM

Vous allez recevoir l'Oscar, madame Signoret !

SIMONE

Oh, ce n'est pas gagné. Je suis déjà tellement comblée d'être nommée.

LE GROOM

Non, ça ne s'arrêtera pas là : vous allez l'avoir.

SIMONE

Merci de croire en moi.

LE GROOM

Ça n'a rien à voir avec ce que je pense ou pas. Vous êtes l'outsider. Les votants n'arriveront pas à choisir entre Katharine Hepburn, Elizabeth Taylor, Audrey Hepburn et Doris Day. Tout le monde sait que, lorsque la compétition entre des gens connus est trop serrée, c'est l'inconnu qui l'emporte ! Vous ramasserez toutes les voix, même celles de ceux qui n'ont pas visionné le film. Mathématique !

SIMONE *(entre l'intérêt et l'agacement)*

Merci. À plus tard.

Lorsque le groom franchit le seuil dans l'autre sens, Arthur en profite pour entrer.

ARTHUR

Mon taxi arrive. Je vous salue et je vous confie Marilyn, à Yves et toi.

SIMONE *(étonnée)*

Oh, oh… Tu nous « confies » ?

ARTHUR

Elle va mal. Notre couple va mal. Je vais mal.

SIMONE

Patience. C'est une mauvaise passe.

ARTHUR

Je voulais l'aimer comme on aime une femme. Or, il faut l'aimer comme on aime une enfant, une enfant malade, une enfant abandonnée.

SIMONE

Elle est si mignonne. Elle vient encore de m'offrir un livre de Rilke.

ARTHUR

Elle adore faire des cadeaux, comme tous ceux qui n'en ont pas reçu. Elle passe des heures à la librairie Pickwick. Elle feuillette beaucoup de livres, en achète peu, n'en lit aucun entièrement. Elle a grandi dans des maisons sans livres, donc elle ressent le besoin de s'en approcher. Peut-être m'a-t-elle aimé un peu pour ça, pour s'entourer de livres. *(Triste.)* Elle n'est qu'une femme-enfant, imprévisible et lointaine. Abandonnée et égoïste. Ma vie et mes créations seront mises en danger si je cède à son perpétuel chantage à la souffrance. *(Sincère.)* Je n'ai pas réussi là où les autres ont échoué. Parce que je l'aime et que je suis orgueilleux, je croyais y arriver. *(Un temps.)* Je vais la quitter. Bientôt.

SIMONE

Non !

ARTHUR

Elle le sait, elle le sent. Je pense que, par amour-propre, elle va me devancer. Dire au monde entier qu'elle n'a plus envie de moi.

SIMONE

Alors, ne pars pas. Ne la laisse pas seule.

ARTHUR

Advienne que pourra.

Il embrasse Simone et sort.

Noir.

7

Dans le noir, on entend un extrait de la cérémonie des Oscars 1960. Rock Hudson énumère les actrices et annonce la gagnante, Simone Signoret. Musique et applaudissements à tout rompre.

La lumière illumine le bungalow 20.

L'Oscar de la meilleure actrice 1960 trône dans le salon. C'est la fin de l'après-midi.

Simone, assise sur le canapé, les pieds nus sur la table basse, contemple la statuette, heureuse.

Elle discute tendrement au téléphone avec sa fille Catherine, quatorze ans :

SIMONE

Oui, ma chérie, il est là, devant moi. Non, je ne le quitte plus. Je m'entends très bien avec lui, il est calme, il reste à sa place, mais en même temps il tient bien sa place.

Et Montand ? Oh, ma chérie, il est encore plus heureux que moi. *(Rougissant.)* Très fier de sa femme, oui, très fier. *(Un temps.)* Bien sûr, j'emporte Oscar avec moi en Italie… Demain. Je prends l'avion pour Rome demain soir, ma chérie. Les producteurs avaient décalé le tournage à cause de la cérémonie des Oscars – et tant mieux, remarque –, mais là, plus moyen de repousser, je les rejoins.

Yves surgit de la chambre à grandes enjambées en brassant l'air de ses bras, au comble de la colère.

YVES

Non, non, non ! C'est insupportable ! Je ne peux plus continuer comme ça.

SIMONE

Calme-toi. *(Au téléphone.)* Je te laisse, ma chérie. Montand a un petit problème. À très vite.

Elle raccroche.

YVES

Je vais devenir fou. Ou alors je vais tuer quelqu'un. Retournes-y.

SIMONE

Écoute, depuis l'aube, je ne fais que ça. Dès que tu m'as prévenue, j'y suis allée quatre fois, cinq fois, six fois. J'ai frappé à sa porte. J'ai cogné comme un pompier. Je l'ai suppliée d'ouvrir. Aucune réaction.

YVES

Tu te rends compte : la voiture qui la prend chaque matin a attendu cinq heures, cinq heures ! La Fox l'a appelée trente fois. Finalement, on nous a renvoyés chez nous : la journée est foutue !

SIMONE

Si ma copine, la standardiste, ne m'avait pas confié que Marilyn demandait des communications, j'aurais craint qu'elle se soit évanouie… ou qu'elle soit morte.

YVES

Ça, avec toutes les drogues qu'elle s'envoie !

SIMONE

Il est vrai que si elle arrêtait sa carrière d'actrice, elle pourrait devenir pharmacienne. Je n'ai jamais rencontré une telle experte en barbituriques, sédatifs, analgésiques : un Demerol par-ci, un Pentothal par-là, du Phénobarbital, de l'Amytal… Quelle santé ! Il faut jouir d'une constitution robuste pour survivre à tant de médicaments.

YVES

Qu'est-ce qu'elle fout dans ce bungalow ? Je me suis levé à six heures pour aller au studio. Je l'ai attendue sur le plateau, attendue dans ma loge. Une heure, deux heures, trois heures de retard, ça, elle nous l'avait déjà infligé, mais toute une journée, non ! Cukor était encore plus hystérique que moi. Pour qui se prend-elle ? Pour qui ?

SIMONE

Je crois tout simplement qu'elle n'y arrive pas. Ça me surprend d'autant plus qu'hier soir elle était là, elle me demandait de lui raconter des anecdotes, elle semblait heureuse. J'ai presque dû la pousser dehors pour qu'elle aille se coucher.

YVES

Simone, je ne tiens plus. Je rentre avec toi en Europe.

SIMONE

Non.

YVES

Alors, retourne au 21 et frappe à sa porte.

SIMONE

Ça ne sert à rien.

YVES

Bien, j'y vais et je défonce la porte.

SIMONE

Montand !

Il retrousse ses manches et se dirige vers la sortie.

YVES

Mais si ! Et on va s'expliquer. On lui passe tout, à cette gamine. Elle va voir ce que c'est qu'un homme, je vais lui apprendre le respect.

SIMONE

Montand !

Simone se jette sur lui et parvient à le retenir sur le pas de la porte.

SIMONE
Montand, tu te calmes.

YVES
Non.

SIMONE
Tu te calmes.

YVES
Je n'en peux plus.

SIMONE
J'ai une idée.

Yves s'apaise aussitôt, espérant que son épouse a trouvé la solution.

SIMONE
Tu vas lui écrire un mot. Tu lui diras ce que tu penses, elle le saura, tu seras soulagé, et l'on verra bien comment elle réagit. Ce n'est pas une mauvaise fille.

YVES
Non, ce n'est pas une mauvaise fille, c'est une enfant gâtée.

SIMONE

Plutôt une enfant qui n'a pas été gâtée, et qui, une fois grande, le fait payer à tout le monde. Tendons-lui une perche. Donnons-lui un moyen de revenir vers nous, de redevenir adulte.

Elle saisit un bloc de papier, un stylo, les confie à Montand. Ils s'assoient.

SIMONE

Vas-y.

Yves commence à écrire, mais il est si tendu qu'il casse le stylo. Simone lui propose un second stylo. Cette fois, il déchire le papier.

YVES *(hors de lui)*

Oh merde ! Écris, toi ! De toute façon, elle ne connaît pas mon écriture.

Simone s'empare du stylo et du bloc.

SIMONE

Je t'écoute.

YVES *(dictant)*

« Tu peux faire ce que tu veux à la Fox, à tous les producteurs de cette ville si tu les détestes. Mais le soir, quand tu traînes et t'attardes à écouter les histoires que te raconte ma femme au lieu d'aller te coucher parce que tu as déjà décidé que tu ne te lèverais pas le lendemain pour aller au studio, préviens-moi ! Et ne me laisse pas travailler pendant des heures sur une scène si tu ne comptes pas tourner le lendemain. »

SIMONE

Puis-je ajouter un mot ?

YVES

Oui.

SIMONE

Je fais comme si c'était toi : « Moi, je ne suis pas un affreux, je suis ton copain. »

YVES

Très bien. Et tu conclus : « Les caprices de petite fille ne m'ont jamais amusé. Salut. »

SIMONE

« Salut » ?

YVES

« Salut » !

SIMONE

C'est un peu sec, un peu rude.

YVES

C'est mieux que « Va te faire foutre ! ».

Simone opine et écrit « Salut ». Elle se lève et gagne la sortie.

SIMONE.

Je le glisse sous sa porte.

Montand la suit, mais sans sortir du bungalow 20.

Pendant que Simone se rend au 21, Yves l'observe.

Elle revient sur la pointe des pieds, un doigt sur la bouche pour signifier qu'ils doivent rester silencieux.

Laissant leur porte ouverte, ils scrutent ce qui se passe au bungalow 21.

SIMONE *(chuchotant)*

Regarde… la feuille bouge… elle commence à la tirer de son côté.

YVES *(chuchotant)*

Ah, bien... *(Voyant que ça prend du temps, il chuchote encore, mais un peu plus fort.)* Eh bien, tire-le, tire-le plus vite, cocotte, ce message. Il ne va pas te péter dans les doigts, ce n'est pas de la nitroglycérine.

Amusée, mais craignant que Montand ne parle trop fort, Simone pose sa main sur la bouche de son mari.

SIMONE

C'est bon. Maintenant, laissons-la réagir.

Elle ferme la porte et ils reviennent dans la pièce.

YVES

Que s'est-il passé hier soir ?

SIMONE

Après le dîner, quand tu es parti dans ta chambre apprendre ton texte, elle a voulu rester, elle m'a demandé de lui raconter des histoires.

YVES

Des histoires ?

SIMONE

Des histoires de tournage, tu sais, les blagues qu'on se fait, les farces entre copains, tous ces trucs. Bizarre, d'ailleurs : alors qu'elle a autant tourné que moi, elle donnait l'impression de n'avoir rien connu de tel sur les plateaux, comme si je lui faisais découvrir les coulisses du cinéma.

YVES *(de nouveau furieux)*

C'est normal qu'elle n'ait aucun souvenir de tournage, elle n'y va pas !

SIMONE

En tout cas, nous avons passé un moment merveilleux. Deux copines. Elle veut comprendre comment j'exerce mon métier, comment nous vivons, toi et moi. Elle m'a même suppliée de lui décrire notre rencontre. Une discussion de femmes, quoi. Très agréable. D'ailleurs, elle ne partait plus. Elle me répétait qu'elle se sentait bien, ici, chez nous. J'avais l'impression d'avoir ma fille Catherine en face de moi, une môme qui retarde le moment où l'on va éteindre la lumière.

Yves s'approche de la porte et l'entrouvre.

YVES

Elle ne réagit toujours pas.

SIMONE

Laisse-lui le temps.

YVES

Tu te fous de moi ? *(Il se met soudain à parler très fort.)* Allez, Simone, viens : je t'emmène en ville, au restaurant. *(Il parle plus fort à la cantonade.)* Puisqu'on a une journée de congé, autant en profiter. Viens ! Je te sors. *(Encore plus fort.)* Ce serait crétin de rester enfermés dans un bungalow.

Simone s'est approchée et entre dans le jeu.

SIMONE *(fort)*

Laisse-moi changer de chaussures, s'il te plaît.

YVES *(fort)*

Je t'attends, mon ange. Quelle aubaine, cette soirée !

Tous les deux penchés au-dehors, ils guettent une réaction.

SIMONE *(fort)*

Où m'emmènes-tu, déjà ?

YVES *(vite, à voix basse)*

Quel est son restaurant préféré ?

SIMONE *(à voix basse)*

Chez Romanof.

YVES *(fort)*

Chez Romanof, bien sûr !

Ils observent toujours.

Le téléphone sonne.

Simone fait quelques pas et décroche, tandis qu'Yves reste à son poste d'observation.

SIMONE

Allô ? Monsieur Miller, depuis Dublin ? Je prends. *(Elle fait signe à Yves de s'approcher.)* Bonjour, Arthur, comment vas-tu ? Marilyn vient de t'appeler ? *(Un temps.)* Une seconde, s'il te plaît, j'en parle à Montand. *(À Yves.)* Miller me dit que Marilyn a lu ton message, qu'elle a compris qu'elle t'avait blessé. Du coup, elle a honte et ne sait plus comment revenir vers nous.

YVES

Attends, je cauchemarde ! Elle se trouve à deux mètres de nous, mais elle appelle en Irlande, et lui, Miller, nous appelle d'Irlande pour faire passer son message ?

SIMONE *(reprenant la conversation téléphonique)*

Oui, Arthur, d'accord. Je vais aller frapper à sa porte.

YVES

Mais on a déjà essayé.

SIMONE *(à Yves)*

Cette fois-ci, elle ouvrira. Elle attend.

Yves se tape le front devant tant d'absurdité.

SIMONE *(au téléphone)*

Merci, Arthur. Pas de problème. Au revoir.

Elle raccroche et sort du bungalow. Yves s'impatiente. Quelques secondes plus tard, Simone revient avec Marilyn, en larmes, dans ses bras.

MARILYN *(éplorée)*

Pardon, pardon, pardon… Je suis mauvaise. Je ne le ferai plus, je le promets. Je le jure.

Je suis tellement mauvaise. Pourtant je n'ai pas voulu faire mal, mais je ne pouvais pas... Pardon... Pardon...

Simone l'a amenée jusqu'au canapé et la garde dans ses bras. Marilyn, comme une enfant prise en faute, n'ose pas regarder Yves.

MARILYN

Je ne me rendais pas compte. Pardon.

SIMONE

Allons, ce n'est pas l'apocalypse. Tout le monde a des faiblesses. Calme-toi, Marilyn.

Pendant que Simone la couvre de caresses consolatrices, Yves, un peu gêné, s'approche et, avec raideur, lui tapote la tête, comme il le ferait avec un chien.

YVES

Bon, ça va. Tâche d'être à l'heure demain.

Marilyn réagit à son contact comme s'il lui prodiguait une caresse, mais n'ose toujours pas le fixer dans les yeux.

SIMONE

Je te le demande par amitié, Marilyn : n'arrive plus en retard sur le plateau, ne fais pas ça à Montand. N'oublie pas que je pars demain soir. Je ne veux plus que tu mettes mon homme dans cet état. Tu dois prendre soin de lui. Je te le confie.

MARILYN

Je te jure que je ne recommencerai pas. Je ne le mettrai plus en colère. Jamais.

Simone continue à lui prodiguer des gestes maternels. Ce faisant, elle ne voit pas que Marilyn est en train de fixer Yves avec un regard insistant plein de feu.

Yves reçoit ce regard comme une brûlure et détourne la tête.

Noir.

8

Le crépuscule tombe au-dehors.

Yves, le téléphone en main, parle fort, avec anxiété :

YVES

Écoute, Simone, ça ne peut pas continuer comme ça ! Il s'est encore barré. Pfuitt... Qui ? Mais l'autre con, là, le Miller, il est reparti en Irlande. Elle est toute seule. Tu imagines ? Toute seule ! Téléphone vite à l'autre con et... oui, Miller, et dis-lui de revenir immédiatement, sinon... Mais non, elle n'est pas triste. Ah non, elle ne va pas se suicider ! Plutôt le contraire... Quoi ? Le contraire du suicide ? Réfléchis, Simone, réfléchis, il paraît que tu es bonne pour ça. Non ? Tu ne vois pas... *(Pour lui-même.)* Putain, on n'est pas aidé ! *(Pour Simone.)* Simone, c'est inhumain ce que la vie m'inflige en ce moment. Pendant la journée, je joue une histoire d'amour avec un sex-symbol international et le soir je me retrouve tout seul, désœuvré, dans un bungalow à deux mètres du sien où elle se retrouve, elle aussi, toute seule et désœuvrée. Tu veux que je t'envoie un plan de la scène ? En plus, depuis cette fameuse nuit où tu lui as écrit ce mot pour lui remonter les bretelles, elle est adorable, la Marilyn ! Ponctuelle, texte mémorisé, plus de caprices, la perfection professionnelle. Quoi ? Tant mieux ? Eh bien non, pas tant mieux ! Depuis ton mot, l'unique but de Marilyn consiste à me satisfaire. Tu comprends, ça ? Me satisfaire… Bon, trêve de blabla, téléphone vite à l'autre con. Oui, Miller… Je l'appelle comme je veux. Quoi ? Le plus grand dramaturge d'Amérique ? Ouais, et bientôt le plus grand cocu d'Amérique ! Ben si, Simone, évidemment ! Il a tout faux, le grand génie : une femme comme Marilyn, non seulement on ne l'épouse pas, mais on ne la laisse pas seule ! Il n'a jamais lu le mode d'emploi ? Moi, bien sûr, je résiste… et je résisterai… sinon je ne t'en parlerais pas. Non, elle ne m'a pas fait d'avances. C'est ta copine ? Elle ne trahirait pas une amie ? Tu ne piges rien, Simone : il n'y a pas qu'une femme dans Marilyn, mais plusieurs. Celle qui est copine avec toi n'est pas celle qui pourrait coucher avec moi, ces deux-là ne se connaissent pas, elles ne se sont jamais rencontrées. Ça te fait rire. Méfie-toi, Simone. Il l'a laissée seule, tu m'as laissé seul : la solitude, c'est l'antichambre de l'adultère. Dis-lui de revenir et reviens. *(Un temps.)* Pas avant huit semaines ? Simone, tu as inventé la torture ou quoi ? Je préférerais encore qu'on m'arrache les ongles, qu'on me brûle les pieds, qu'on me noie dans une baignoire. Parfaitement ! La Gestapo avait la main légère en comparaison de ce que tu me fais. Mais si ! Tu m'infliges le supplice absolu. Je suis un homme, Simone, on ne peut pas me refaire : je suis un homme. Et je te dis qu'on ne laisse pas un homme comme moi avec une femme comme elle. On ne va pas tourner en Italie, on ne s'envole pas en Irlande, on reste, on campe, on creuse une tranchée, on s'arme, on pointe le fusil sur l'ennemi et on tire au moindre mouvement suspect, voilà ce qu'on fait. C'est la guerre, Simone, la guerre ! Les hostilités ont commencé, et le Miller, il refuse de se battre, tandis que toi, tu ne vois même pas le danger. *(Chuchotant soudain, après avoir jeté un regard derrière lui, comme si Marilyn pouvait l'entendre.)* Elle me fait des grâces toute la journée, un sourire par-ci, une caresse par-là, et vas-y que je te frôle, vas-y que je remonte ma bretelle de soutien-gorge – jamais vu quelqu'un qui ait des bretelles de soutien-gorge aussi glissantes –, vas-y que je m'accroche à toi pour ne pas tomber, vas-y que je m'approche trop près en roucoulant. Et ce parfum… ce parfum… « N° 5 de Chanel » ? Ah non, Simone, pas Cinq de Chanel, beaucoup plus que ça, cinq cents, cinq mille, cinq millions, minimum… Elle n'arrête pas de m'asticoter. Et le soir, dès qu'il lui revient à l'esprit que je ne suis pas loin, ça l'asticote. Il faut que tu interviennes. *(Criant.)* Pas possible ? Mais au secours, Simone, au secours ! Pour affronter ça, il faudrait un autre bonhomme que moi, un acteur comme Montgomery Clift ou Rock Hudson, un qui n'aurait pas de tangage dans la braguette quand il aperçoit Marilyn, un qui sur un plateau regarderait le cul du cascadeur plutôt que celui de Marilyn. Voilà l'homme de la situation, moi je ne suis pas équipé pour ! Pas équipé du tout ! Y a de la catastrophe dans l'air.

On sonne à la porte.

LE GROOM *(off)*
Monsieur Montand.

YVES *(à Simone au téléphone)*
Attends, il y a le groom qui sonne. Ne bouge pas.

Il pose le combiné sur la table basse et se dirige avec une certaine humeur vers la porte qu'il ouvre brutalement :

YVES *(fort)*
Oui ?

LE GROOM
Je vous dérange ?

YVES *(grognon)*
J'étais au téléphone.

LE GROOM
Je venais à ce sujet, justement. Le service de l'hôtel m'informe que la panne sera bientôt réparée. Les communications pourront reprendre dans une petite heure. Nous vous présentons nos excuses pour ce désagrément.

YVES
Très bien.

LE GROOM
Mais vous téléphoniez ?

YVES *(fermé)*
Je répétais une scène.

LE GROOM

Bien sûr. Comme dit mon coach, les accessoires ne sont pas accessoires.

YVES *(en claquant la porte)*

Si votre coach le dit !

Il retourne vers le téléphone et, pensif, le remet à son oreille.

YVES

Je t'aurai prévenue, Simone. Tu ne pourras pas dire que je ne t'ai pas prévenue.

Il raccroche le combiné et murmure pour lui-même :

YVES

Elle ne m'écoute même pas !

Il allume une cigarette, appuie sur les boutons qui commandent les stores et pointe du doigt une des fenêtres.

YVES

Et ce store, là, qui m'énerve, et que je n'arrive jamais à fermer. Il est où, le bouton ?

Grattement à la porte.

YVES *(devenant blême)*
Qui est-ce ?

MARILYN
C'est moi.

Yves va ouvrir. Marilyn entre, en peignoir, les pieds nus, deux coupes de champagne en main.

MARILYN
Ça y est, tu as appris ton texte pour demain ?

YVES
Oui.

Elle trinque avec lui.

MARILYN
Alors, fêtons ça.

Ils boivent.

MARILYN
Travailles-tu toujours autant ?

YVES

D'habitude non, mais cette fois je suis obligé de répéter cent fois parce que je ne joue pas dans ma langue. Imagine que tu tournes en français.

MARILYN

Oh, je serais terrifiée. Déjà que j'ai peur en permanence. Je crois que je ne pourrais pas.

Elle s'approche de lui, féline.

MARILYN

C'est ça qui nous rapproche, toi et moi : la peur.

Yves avale sa salive, troublé.
Ils se regardent, attirés l'un par l'autre.

MARILYN

Je suis venu chercher mon baiser de bonne nuit.

YVES

Oui, bien sûr. C'est… c'est la tradition…

MARILYN

C'est important, les traditions.

YVES

Très important. Alors… Un gentil baiser sur la joue.

Il va pour l'embrasser sur la joue, elle détourne rapidement la tête et présente ses lèvres. Ils s'embrassent longuement.

Quand ils reprennent leur souffle, Marilyn murmure en souriant :

MARILYN

Oh pardon…

YVES

Pardon de quoi ?

MARILYN *(jouant l'ingénue)*

Je ne savais plus où était ma joue.

YVES

Là.

Et cette fois-ci, c'est lui qui dépose un baiser sur ses lèvres.

Noir lent.

9

Dans la pénombre, on entend la chanson *I wanna be loved by you*, extraite de *Certains l'aiment chaud* (passage orchestral).

La lumière chaude et intime du soir inonde la scène. Il est vingt et une heures. Il règne un certain désordre dans le bungalow 20.

Marilyn sort de la chambre à coucher, vêtue d'un simple drap artistement noué sur son corps d'albâtre.

Heureuse, épanouie, elle s'approche du miroir à trois faces et s'y regarde.

Sa voix entre dans la chanson.

CHANSON

I couldn't aspire
To anything higher
Than to feel the desire
To make you my own.
Ba-dum-ba-dum-ba-doodly-dum-boo !

Venant de l'extérieur, Yves ouvre la porte et annonce, par réflexe :

YVES

C'est moi !

Il découvre Marilyn dans son bungalow. Inquiet, il regarde aussitôt derrière lui, referme vivement le battant, puis la contemple avec passion.

Marilyn se retourne et se jette dans ses bras. Ils s'embrassent puis, sur la musique, font quelques pas de danse – les mouvements sont souples et élégants, reproduisant une des chorégraphies de leur film.

CHANSON

I wanna be loved by you, just you,
Nobody else but you.
I wanna be loved by you
Ba-deedly-deedly-deedly-dum-ba-boop-bee-doop

Fin de la musique.

YVES

Excuse-moi d'avoir tardé. J'ai pourtant essayé mes costumes aussi vite que j'ai pu. Tu as préféré m'attendre ici, pas au 21 ?

MARILYN

Oui. Ici, il y a ton odeur, tes affaires avec ton odeur, tes draps avec ton odeur, et assez souvent toi avec ton odeur.

YVES

Oh, tu m'inquiètes. Et je sens quoi ?

MARILYN

Le bonheur…

Ils se sourient.

MARILYN

J'ai l'impression que vous, les hommes, vous avez plus de dispositions pour le bonheur que nous, les femmes.

YVES *(charmeur)*

Normal : nous avons les femmes pour nous rendre heureux.

MARILYN *(jouant l'ingénue)*

Oh, tu crois que je devrais me mettre aux femmes ? Je vais appeler Joan Crawford.

Elle se dirige vers le téléphone.

YVES

Tttt-ttt, je disais ça en l'air.

MARILYN

Ah bon ? Parce que les femmes, j'ai essayé, et… Tiens, avec Joan Crawford, justement.

YVES

Et ?

Marilyn hausse les épaules sans méchanceté.

MARILYN

Je ne sais plus… Ça ne m'a pas laissé un souvenir impérissable. Elle, par contre, elle se rappelle très bien. Parce que j'ai refusé de recommencer, elle balance des saloperies sur moi à chaque occasion.

Elle rit.

Yves jette un regard circulaire sur la chambre en désordre, soupire, lève les yeux au ciel, préférant ne pas commenter. Il se décide à fermer les stores depuis le tableau de commandes.

YVES *(pour lui)*

Et celui-là, là-bas, que je n'arrive jamais à fermer. Il se commande comment ?

Il s'exclame en voyant un papier déposé sur le téléphone :

YVES

Qu'est-ce que tu as collé, là, sur le téléphone ?

MARILYN

Oh, rien, c'est mon numéro.

YVES

Ton numéro ?

MARILYN

Mon numéro pour les gens. C'est toujours moi qui appelle, je n'aime pas qu'on me sonne. Alors, quand quelqu'un me demande mon numéro, je donne celui-là. C'est le numéro de la morgue.

YVES

...

MARILYN *(jouant un dialogue avec deux voix différentes)*

« Allô, Marilyn ? — Qui cherchez-vous, monsieur ? — Je souhaiterais parler à Marilyn Monroe. Elle est là ? — Comment avez-vous dit ? Mounro… — Monroe, Marilyn Monroe. — Non, elle ne travaille pas ici. Ah, pardon, vous voulez savoir si elle est dans mon registre ? Attendez… voyons voir… Monroe… Monroe… Millestone, Montipenny. Je suis désolée, monsieur, jusqu'à nouvel ordre nous n'avons pas de Marilyn Monroe à la morgue de Los Angeles. »

Elle glousse. Il sourit.

YVES

Inconcevable, tu es tellement vivante.

MARILYN

Vraiment ? Je suis contente… Au fait, j'ai refait mon testament, samedi dernier.

YVES

Pourquoi penses-tu toujours à ça ?

MARILYN

Parce que je sais que je ne vivrai pas longtemps. Alors je prépare tout. Le testament. Le lieu où l'on me mettra. J'ai même trouvé mon épitaphe : « *Marilyn Monroe, blonde : 94-53-89* ».

Elle se tord de rire. Il rit d'attendrissement.

MARILYN

Enfin, 94-53-89 pour l'instant. On modifiera les mensurations le moment venu. C'est pour ça qu'il ne faut pas que je tarde trop, d'ailleurs. Imagine *(mimant avec ses mains un physique de tonneau)* : « Marilyn Monroe, grise : 100-100-100 ».

Elle se trémousse, hilare, sur le sofa.

YVES

Tu es la fille triste la plus gaie que j'aie rencontrée.

Ils s'embrassent.

MARILYN

Champagne ?

YVES
Avec plaisir.

Elle saisit la bouteille de Dom Pérignon déjà ouverte et prend deux verres qui traînent près d'elle.

YVES
Ah non ! Non ! ça, jamais !

MARILYN *(effrayée)*
Quoi ?

YVES
C'est inacceptable ! Je ne le tolérerai pas !

MARILYN
Mon Dieu, qu'est-ce que j'ai fait ?

YVES
Du champagne dans des verres en plastique ! Du Dom Pérignon en plus ?

Elle suspend son geste, demeure figée, la bouteille et un verre à la main. Il se précipite, sort de vraies coupes du bar et s'empare de la bouteille.

YVES

Il faut respecter le vin, Marilyn, et te respecter, toi. C'est le contenant qui fait l'alcoolique, pas le contenu. Si tu bois du champagne dans des verres en plastique, tu es une alcoolique. Si tu bois la même chose dans du cristal, tu es une esthète.

MARILYN

Je t'adore.

Il lui tend une coupe.

MARILYN

Des nouvelles de Simone ?

YVES *(un peu gêné)*

Elle tourne en Italie. Ça se passe bien. Elle s'amuse. Elle flotte encore sur le nuage de l'Oscar.

MARILYN

Tant mieux.

YVES

Quand je pense que tu n'as pas eu de nomination pour *Certains l'aiment chaud.*

MARILYN

Visiblement, la femme, certains ne l'aiment pas trop chaude.

Elle l'attire contre elle dans le canapé.

YVES

Nous devons dormir, Marilyn. Demain : tournage, réveil à cinq heures.

MARILYN

Ne me laisse pas seule. La nuit, ça brûle. Il n'y a que le téléphone pour m'empêcher de paniquer.

YVES

Tu restes ici, bien sûr.

MARILYN

Je t'aime.

En réponse, il l'embrasse. Ses mains flattent son corps, il commence à lui signifier qu'il la désire.

MARILYN

Tu as envie ?

YVES.

À ton avis ?

MARILYN *(gloussant)*
Encore ?

YVES
C'est ta faute.

MARILYN
L'amour avant les essayages, l'amour après les essayages…

YVES
L'amour tout le temps.

Elle l'embrasse puis s'abandonne à lui en glissant à son oreille :

MARILYN
J'ai pris un somnifère juste avant ton arrivée. Je vais peut-être m'endormir pendant. Tu ne m'en voudras pas si je m'éclipse avant la fin ? Hein, tu ne m'en voudras pas ?

La lumière baisse sur eux.

MARILYN
Tu m'aimes ?

Noir.

10

Dans le noir complet retentissent des éclats de voix. Des journalistes du monde entier interviennent à la radio ou à la télévision pour annoncer la liaison entre Marilyn et Yves.

VOIX *(qui se mélangent et se superposent, off)* Idylle à Hollywood : Yves Montand n'a pas pu résister à Marilyn Monroe / Le French Lover et la Blonde platine : tout sur leur liaison secrète, commentaires de notre envoyé spécial à Los Angeles / Le crooner et la femme fatale : ils ne se cachent plus / Amoureux à l'écran et à la ville, ils respirent le bonheur / Les deux acteurs qui tournent ensemble *Faisons l'amour* ont eu la conscience professionnelle d'aller jusqu'au bout.

Un faisceau de lumière isole Simone. Elle n'est pas dans le bungalow 20 mais en Italie, à Rome, dans son hôtel.

Assise sur une chaise, un téléphone posé sur ses genoux, un verre et une bouteille de scotch à ses pieds, elle subit ces rumeurs le visage fermé. Le brouhaha monte et devient infernal. Les voix réverbérées se font écho, comme si elles résonnaient dans son crâne.

VOIX *(off)*

Rien n'a empêché Marilyn Monroe et Yves Montand de tomber dans les bras l'un de l'autre, pas même leurs prestigieux conjoints, Arthur Miller, le célèbre dramaturge qui se trouve en Irlande, et Simone Signoret, qui tourne en Italie / Des nouvelles de Simone Signoret : alors que sa carrière est au sommet, son couple s'effondre.

Simone endure ce battage médiatique avec gravité.

VOIX *(off)*

Le proverbe a raison : on ne peut pas tout avoir, l'Oscar et le bonheur / Qui résisterait à la plus belle femme du monde ? Pas Montand en tout cas / Exclusif : Marilyn Monroe refait sa vie avec Yves Montand / La plus belle femme du monde l'a emporté sur la plus belle femme de France. Yves Montand conquis par Hollywood et par Marilyn / Le crooner et la femme fatale ne se cachent plus / Les amours d'Yves et de Marilyn / Amanti, la Monroe e il Montand sono al culmine della felicità / *L'irresistibile bionda e l'irresistibile cantante : la loro storia d'amore.*

Les commentaires sont à présent en italien, accompagnés d'une musique locale, comme si les ragots se rapprochaient de l'endroit où loge Simone.

Simone, le visage fermé, les mâchoires contractées, fixe un point devant elle. Soudain, elle éclate de rire.

Silence immédiat autour d'elle, comme si son rire avait chassé le tumulte des voix.

Elle réfléchit, regarde sa montre, hésite, puis compose un numéro.

SIMONE

Bonjour, passez-moi monsieur Montand, s'il vous plaît. Bungalow 20... Son épouse... Non, oui bien sûr : il attend mon appel.

Un temps. Le téléphone sonne en pleine nuit dans le bungalow 20. Tiré de son sommeil, émergeant en pyjama, Montand décroche. La lumière l'isole, lui aussi.

La scène les montre séparés par un pan de ténèbres.

SIMONE *(enjouée)*
Allô, Montand ?

YVES *(ahuri)*
Simone…

SIMONE
Je te réveille, tu dormais ?

YVES
Ben oui… enfin, non… *(Inquiet.)* Comment vas-tu ?

SIMONE
Je ris ! Je ris tellement depuis hier.

YVES *(se frottant les yeux)*
Tu ris ?

SIMONE
Oui, ces rumeurs sur toi et Marilyn, votre histoire, votre liaison, tout ça… c'est tordant ! On m'avait décrit les techniques commerciales qu'utilisent les studios pour faire parler de leurs films, mais je n'y avais jamais assisté assise au premier rang comme

aujourd'hui. Ah, ils y vont, ils ne lésinent pas ! Quelle publicité !

YVES *(lâchement)*
Oui, tu as vu… ils mettent le paquet, hein ?

SIMONE
Si on crée un Oscar de la promotion, il faut d'office le donner à votre film. C'est grandiose, magnifique, souverain. De la poudre à midinette. J'applaudis. Plus personne sur Terre n'ignore que vous formez un couple à l'écran, Marilyn et toi.

YVES *(souriant, car il croit la partie gagnée)*
Eh oui !

SIMONE
Plus personne sur Terre n'ignore non plus que je suis cocue.

Elle se tait.
Un temps.
Yves, pétrifié, ne parvient pas à réagir.
Le silence dure.

YVES *(bafouillant)*
Simone…

SIMONE

Oui, j'écoute.

YVES

Simone…

SIMONE

As-tu quelque chose à me dire ?

Il se tait.

SIMONE

J'ignorais que j'avais un rôle dans ce film. Celui de la femme trompée. La Fox aurait dû me prévenir. Je n'aurais peut-être pas accepté. Ou alors je me serais fait payer très cher. Après tout, je suis une comédienne oscarisée.

YVES

Simone, ce sont… ce sont…

SIMONE *(avec colère)*

Des salauds ! Si j'étais une inconnue, on ne me mentionnerait même pas. Mais comme j'ai reçu l'Oscar de la meilleure actrice, j'ai droit à une photo de moi dans toutes les gazettes qui parlent de vous deux. *(Criant.)* Je suis humiliée, Montand, humiliée !

YVES

Je… comment… non, il ne faut pas le prendre comme ça… je…

SIMONE *(tentant de se calmer)*

Bien sûr, tu as raison : il faut replacer les choses en perspective. Je suis *humiliée*, mais je ne suis pas *trompée*. Parce que ça, *trompée*, ça me ferait vraiment du mal, je ne m'en remettrais pas. *(Un temps.)* Tu me le confirmes ?

YVES *(angoissé)*

Euh… quoi ?

SIMONE

Que je suis *humiliée* par les médias, mais pas *trompée* par toi.

YVES

Mon ange !

Un temps.

SIMONE *(déterminée)*

As-tu couché avec Marilyn ?

Un temps.

SIMONE
Réponds.

Un temps.

YVES
Qu'est-ce que tu veux que je te dise ? Hein ? Simone !
Qu'est-ce que tu veux que je te dise ?

SIMONE
La vérité.

YVES
Pff…

SIMONE
As-tu couché avec Marilyn, oui ou non ?

YVES *(explosant)*
J'en avais marre qu'elle soit toujours en retard. Alors voilà, maintenant, c'est arrangé : elle est à l'heure.

SIMONE
Quoi ?

YVES

Réglée comme un coucou suisse, la Marilyn. Elle se pointe à la minute prévue, elle sait son texte sur le bout des ongles, on tourne, tout le monde s'en porte bien. Je peux enfin faire mon métier dans de bonnes conditions.

SIMONE

Enfin ! Est-ce que tu te rends compte de ce que tu es en train de me dire ? À moi, ta femme ?

YVES *(toujours explosif)*

Parfaitement ! Parlons-en de ma femme… Tu crois que c'est malin de ta part de me laisser seul ici, tout seul, en pays étranger, avec Marilyn Monroe à cinquante centimètres ? Tu connais beaucoup de femmes qui feraient ça ? Enfin, tu me connais, Simone, tu me connais ! Comment as-tu pu faire une chose pareille ? Comment ? Tu sais quoi ? Je ne voulais pas te le dire, mais je te le dis : je t'en veux. Parfaitement, je t'en veux !

Elle demeure estomaquée.

YVES

En plus, tu avais parfaitement conscience qu'elle ne le supportait plus, l'autre, là, l'andouille, le poireau cuit… le Miller ! Tu connaissais parfaitement le contexte : le film, le chant, la danse, la romance, sa solitude, la mienne… Elle s'est jetée sur moi comme une collégienne, une gamine en chaleur, la Marilyn, alors forcément, avec ses minauderies, son air innocent, ses petites manières, sa façon de bouger, son…

SIMONE *(glaciale)*

Pas de détails ! Il y a des limites à ce que je peux entendre.

Yves s'interrompt, soudain conscient que sa mauvaise foi le mène trop loin.

SIMONE

C'est tout ce que tu as à me dire ?

YVES *(décontenancé)*

Oui. Euh non… *(Très mielleux.)* Et toi, ton tournage se passe bien ? Il ne fait pas trop chaud à Rome ? Parce que ici, à Los Angeles, on a une de ces canicules, ça…

SIMONE

C'est tout ce que tu as à me dire ?

Yves se tait. Long silence.

SIMONE

J'ai l'impression que nous sommes très loin l'un de l'autre.

YVES *(très agacé)*

Mais qu'est-ce que tu veux que je te dise ? Qu'est-ce que tu veux que je te dise ? Simone ? Hein ?

SIMONE

Tu ne m'aimes plus.

YVES

Tout de suite les grands mots ! Comment ça, je ne t'aime plus ? Parce que j'essaie d'arranger mes conditions de tournage et parce que Marilyn Monroe se jette dans mes bras, je ne t'aime plus ! N'importe quoi ! Tu connais un homme, toi, qui résisterait à Marilyn Monroe ?

SIMONE

J'espérais que le mien serait cet homme.

YVES

Eh bien, non, Simone ! Je ne suis pas cet homme-là.

SIMONE

Tu me disais que tu ne la trouvais pas fute-fute !

YVES

Ça, ça n'a rien à voir. À partir d'un certain niveau physique, une femme n'a pas forcément besoin de… Et puis, permets-moi de te dire que tu interprètes la situation de travers. Ça arrive à toutes les femmes que le mari aille voir ailleurs, oui, ça se produit depuis des siècles. En revanche, il n'y en a pas beaucoup qui ont eu comme rivale la plus belle femme du monde ! Ah non ! Moi, il me semble que si j'étais une femme, je serais assez fière que mon mari m'ait trompée avec Marilyn Monroe, ben oui, ça place la barre très haut, c'est très flatteur au fond, cela devient une sorte de diplôme !

Trop choquée, Simone ne répond pas. Encore une fois, Yves se rend compte qu'il est allé trop loin. Il se radoucit.

YVES

Tu sais comment sont les acteurs, Simone… Quand un garçon joue Roméo, il tombe amoureux de la fille qui joue Juliette. Et moi, je ne suis qu'un pauvre acteur.

SIMONE

Il faudrait que j'aie pitié en plus ?

YVES

Cette histoire avec Marilyn n'a pas d'importance.

SIMONE

Pour toi.

YVES

Oui, aucune importance.

SIMONE

En revanche, elle a de l'importance pour moi. *(Un temps.)* Tu n'as rien à me dire ? Est-ce que tu imagines ce que je ressens, moi ?

YVES *(articulant très distinctement)*

Je l'imagine très bien, et c'est pour cela que je t'explique que tu te trompes.

SIMONE

Que je me trompe ? C'est consternant…

YVES *(en colère)*

Tu veux que je te dise quoi, Simone ? Hein ? Que je te dise quoi ? On peut parler des heures, tu sais, ça ne changera rien.

SIMONE

Qu'est-ce qu'on fait maintenant ?

YVES *(encore plus en colère)*

Qu'est-ce qu'on fait ? Qu'est-ce qu'on fait ? Mais tout rentre dans l'ordre. Tu es ma femme. Je suis ton mari. Je rentre. Et je t'aime.

SIMONE *(balbutiant)*

Tu… tu m'aimes ?

YVES *(toujours colérique)*

Évidemment, je n'ai pas changé. Qu'est-ce que tu t'imagines ?

En frappant la table de nuit, il a appuyé sur un bouton et le store récalcitrant s'ouvre.

YVES *(soudain joyeux comme un enfant)*

Oh putain, ça y est : j'y suis arrivé.

SIMONE
Quoi ?

YVES *(ravi)*
À ouvrir le store ! J'ai trouvé ce fichu bouton.

Et il appuie plusieurs fois sur le bouton qui ouvre et ferme le rideau, très absorbé, ravi.

YVES *(très naturel)*
Allez, on se rappelle, Simone. Il faut quand même que je dorme un peu. Je tourne tout à l'heure. *Arrivederci.*

Et il raccroche.
Elle raccroche à son tour, brisée.
S'élève la chanson *Les Feuilles mortes*, chantée par Montand (le début parlé sur la musique).

CHANSON *(off)*
Oh je voudrais tant que tu te souviennes
Des jours heureux où nous étions amis
En ce temps-là, la vie était plus belle
Et le soleil plus brûlant qu'aujourd'hui

Seuls chacun de son côté, à des milliers de kilomètres, Simone et Yves semblent l'entendre en même temps et ont les larmes aux yeux.

Bouleversé, Yves compose le numéro de Simone d'un geste résolu.

Simone sursaute à la première sonnerie, puis décroche aussitôt.

Un temps.

YVES *(sincère)*

Je suis un con, Simone, je suis le dernier des cons.

SIMONE

Et moi, pas de chance, j'aime le dernier des cons !

YVES

C'est vrai, tu m'aimes ?

SIMONE

C'est bien ça, le problème. *(Un temps.)* Je ne t'ai jamais trompé, Montand, tu m'entends, jamais ! Et je n'ai pas de mérite : je n'en avais aucune envie. Ce n'était pas la vertu qui me retenait, c'était le bonheur. L'illusion du bonheur. Je me croyais comblée.

YVES

Je ne t'ai pas trompée parce que je t'aime, toi. *(Murmurant.)* Je t'aime, Simone. Je t'aime mal, je t'aime en te heurtant, je t'aime en te blessant, je t'aime en te faisant pleurer, mais je t'aime. Sans doute que je suis nul en amour… Pourtant, il n'y a qu'une seule personne avec qui, pour qui j'ai envie de progresser : toi. Marilyn, elle n'a pas ce don, elle ne sait pas. Pour elle, dire : « Je t'aime », c'est dire : « Aime-moi. » Marilyn est une gamine, tu es une femme. Tu es ma femme.

SIMONE *(murmurant)*

Reviens. J'arriverai plus facilement à te pardonner qu'à ne plus t'aimer.

Elle raccroche lentement, cette fois-ci, agitée de frissons.

Yves contemple le téléphone, apaisé.

La chanson *Les Feuilles mortes* reprend, dans sa partie chantée, cette fois.

La lumière disparaît sur Montand et isole complètement Simone, qui pleure en écoutant la voix tendre et mélodieuse de son mari.

Elle saisit une bouteille de scotch, se verse un verre, boit.

La musique se poursuit, instrumentale. Quand Simone se verse un deuxième verre, elle se rend compte qu'elle a fini la bouteille. Elle attrape le téléphone et compose le numéro de la réception :

SIMONE

Portami una bottiglia di whisky, per favore. Adesso. Grazie.

Elle continue à siroter, l'émotion à fleur de peau.

CHANSON *(off)*

Mais la vie sépare ceux qui s'aiment
Tout doucement sans faire de bruit
Et la mer efface sur le sable
Les pas des amants désunis.

Sur les dernières paroles de la chanson, on comprend que Simone se réfugie dans l'alcool pour atténuer sa souffrance.

Noir.

11

Le bungalow 20 au printemps 1962, deux ans plus tard, au cours d'un après-midi ensoleillé.

Marilyn, vêtue d'un tailleur noir, sobre et chic, se scrute soigneusement dans le miroir à trois pans.

Le groom fait des allers-retours avec l'extérieur pour apporter des petites valises qu'il entrepose dans la chambre.

Marilyn ne lui prête aucune attention, très concentrée sur elle-même, tandis que lui, tout en accomplissant son travail, adresse à la vedette des regards de vénération. Lorsqu'il a terminé, il se place respectueusement derrière elle.

LE GROOM

Et voici, mademoiselle Monroe. J'ai déposé votre dernier bagage sur la banquette. L'équipe du Beverly Hills Hotel est ravie de vous retrouver. Nous pensions ne plus vous revoir depuis que vous avez acheté votre maison à Los Angeles.

MARILYN

Mmm ? Oh, j'ai dû la quitter provisoirement parce que j'y fais des travaux.

LE GROOM

Nous sommes désolés de ne pas avoir pu vous procurer le bungalow 21, celui où vous aviez l'habitude de séjourner.

MARILYN

Mais je n'ai jamais demandé le bungalow 21 ! J'ai demandé le 20.

LE GROOM

Ah, je croyais…

MARILYN

Non, non, je préfère le 20. *(Elle regarde autour d'elle avec nostalgie puis lance d'un ton d'évidence :)* C'est le seul qui comporte un miroir à trois pans !

Elle se replace devant celui-ci et s'observe dans le détail.

LE GROOM

Je vous ai adorée dans *Les Misfits*, mademoiselle Monroe.

MARILYN *(machinalement, car trop occupée)*

Merci.

LE GROOM *(se raclant la gorge)*

Je… je… Est-ce que je vous ai dit que j'étais acteur ?

MARILYN *(sans se quitter des yeux)*

Non.

LE GROOM

Je suis acteur !

MARILYN *(idem)*

C'est bien.

LE GROOM

Est-ce que… excusez-moi de vous déranger encore… auriez-vous des conseils à me donner ?

MARILYN

Pour l'instant, vous n'avez pas de rôle, n'est-ce pas ?

LE GROOM

Eh bien… je… je passe des auditions… on m'assure que… mais…

MARILYN

Profitez-en. C'est la période la plus heureuse. Goûtez-en chaque seconde.

LE GROOM

Pardon ?

MARILYN

Rêver de devenir une star de cinéma est beaucoup plus plaisant que de l'être.

LE GROOM *(opinant)*

Vous parlez de la presse, de la radio, de la télévision ?

MARILYN

Non, je parle de moi. Je supportais mieux la vie quand j'avais l'espoir qu'elle change. Je croyais à la réussite. Or le succès ne vous débarrasse pas de vos problèmes : il les accentue tout en en créant d'autres. *(S'animant soudain, mais sans quitter son reflet des yeux.)* Êtes-vous sensible à la symbolique des chiffres ? Nous sommes en 1962 et je suis née en 1926. 62, c'est 26 lu à l'envers. 26, c'est le nombre d'années qu'a vécues Jean Harlow, mon idole. 36, c'est mon âge et aussi le nombre de films qu'elle a tournés. Donc, à l'heure où je vous parle, soit je vis ma dernière année, soit je vais enfin retrouver Norma Jeane, née le 01/06/1926 à 9 h 30 du matin au Los Angeles General Hospital. L'année où Jean Harlow est morte. *(Soudain charmante et sensuelle.)* Imparable, non ?

LE GROOM

Euh, oui, oui, bien sûr. Merci pour vos conseils, mademoiselle Monroe.

Il sort, perplexe, embarrassé de n'avoir rien compris.

Marilyn poursuit son examen face aux miroirs puis grimace. Elle se précipite sur le téléphone, compose un numéro, tire le fil pour pouvoir parler tout en continuant à se mirer.

MARILYN

Docteur Foster ? C'est Marilyn. Écoutez, docteur, je la regarde et je me dis qu'elle n'est pas au mieux. Qui ? Mais elle… Marilyn. Donc, je reprends. Les seins ? Ça tient. On ne peut pas faire de reproches à mes nichons. Mon cul ? Il est comme il doit être, absolument parfait. Mes pieds ? Ils sont toujours petits. Mes mains ? Trop grasses, mais rien de neuf. En revanche, la peau ne va pas. Des rides ? Non, quelque chose de plus vicieux, d'insidieux, de traître : mes traits se précisent. Je ne suis plus toute pleine, comme avant, me voilà composée d'os sur lesquels de la chair s'est accrochée. C'est moins galbé. Que peut-on faire ? *(Un temps.)* De la crème aux hormones. Laquelle ? J'en ai déjà essayé trois.

On sonne. Marilyn frémit. Soudain fébrile, elle se débarrasse très vite de son interlocuteur :

MARILYN *(rapidement, à voix basse)*
D'accord. Je passe demain. Ou plutôt j'envoie ma secrétaire. Merci, mon petit docteur chéri. À bientôt.

Marilyn rajuste sa robe par réflexe puis, assez agitée, se précipite pour aller ouvrir la porte.

Simone se tient sur le palier, emmitouflée dans un imperméable, coiffée d'un fichu, des lunettes noires sur le nez, incognito.

MARILYN

Simone, je suis si contente, si contente. Quel plaisir !

Elle va pour continuer sur ce ton de jovialité enthousiaste propre aux Américains quand soudain elle s'arrête en voyant que Simone, comme piquée par une guêpe, la toise sans sourire.

MARILYN *(gênée)*

Mais entre… je t'en prie… entre… installe-toi.

Simone fait quelques pas dans la pièce tandis que Marilyn referme la porte.

MARILYN

Comment vas-tu, chérie ?

En se tournant brusquement vers elle, Simone l'interrompt de nouveau et lui fait sentir que son ton n'est pas approprié.

MARILYN *(plus prudente)*

Merci d'être venue. Assieds-toi. Je… je t'apporte à boire. Champagne, comme d'habitude ?

SIMONE
Un double scotch.

Marilyn se dirige vers les bouteilles.
Simone se débarrasse de son imperméable.

SIMONE
J'ai raisonné en Parisienne : j'ai pensé qu'un imperméable me ferait passer inaperçue, mais j'avais oublié qu'à Los Angeles, où l'on crève de chaud, c'est le meilleur moyen de se faire remarquer.

Simone pose le foulard et les lunettes. Elle a les traits tirés, bouffis. Marilyn le constate, mais n'ose rien dire.

SIMONE *(désignant le tailleur)*
Et toi, pourquoi ce noir ?

MARILYN
L'enterrement d'une amie. Mais le temps que je me prépare, que je me décide sur ma tenue, maquillage, pas maquillage, escarpins, pas escarpins… la cérémonie était finie. Je n'y suis pas allée. De toute façon, je déteste les enterrements. Je serai drôlement contente de ne pas être obligée d'aller au mien.

Elle rit, mais d'une façon un peu forcée. L'innocent gloussement des années précédentes a disparu.

MARILYN
Yves et toi, vous allez bien ?

SIMONE
Très bien. La vie continue, pleine de beaux projets : des films, des voyages, des actions politiques. Et puis le quotidien, tout simple.

MARILYN *(refoulant son émotion)*
Magnifique.

SIMONE
Et toi ?

MARILYN
Moi ? J'ai acheté une maison à Los Angeles, sur le conseil de mon psy. Oh, je me suis installée ici parce qu'à la maison j'ai entrepris des travaux. Je fais poser des miroirs au sol et au plafond.

SIMONE
Très bien.

MARILYN

Les miroirs ?

SIMONE

Non, que tu aies un chez-toi.

MARILYN

Il paraît… C'est une maison au fond d'une impasse. Comme ma vie.

Simone frémit. Elle ne s'attendait pas à cette franchise. Elle dévisage Marilyn.

SIMONE

Pourquoi m'as-tu demandé de venir, Marilyn ?

Marilyn semble assez confuse. Elle hésite, soupire, se triture les doigts. Simone demeure figée.

MARILYN

Depuis mon divorce avec Arthur, je passe de bras d'hommes en bras d'hommes.

SIMONE

C'est agréable ?

MARILYN

Je ne me demande pas avec qui coucher, mais avec qui rester. Autant dire que je passe d'un désastre à un autre.

SIMONE

Sais-tu pourquoi ?

MARILYN

Ce sont des types bien, Frank Sinatra, Bobby Kennedy, John Kennedy… C'est moi qui ne suis pas bien, c'est moi la calamité. Je me donne comme une pièce de viande.

Marilyn bondit devant les trois miroirs et, tout en se regardant, explique à Simone :

MARILYN

Tout le monde a essayé de m'aider à me fabriquer, les contributions n'ont pas manqué : Grace McKee mes cheveux, Fred Karger mes dents, Johnny Hyde mon nez et mes joues, Ben Lyon mon nom… Ils m'ont construite morceau par morceau pour m'améliorer. Et j'ai adoré ça. Je croyais que j'allais devenir parfaite, consistante, solide, que ça tiendrait debout, que je ne me poserais plus de questions. Raté.

SIMONE *(polie mais froide)*
Tu as des projets de films, non ?

MARILYN
Le cinéma, c'est comme les amours : si tu n'en veux pas, tu as tout ; si tu cours après, tu n'as rien.

Elle revient vers Simone.

MARILYN
Je n'y arrive plus. On dit de moi que je suis foutue, que c'est la fin de Marilyn. *(Elle s'assoit, lumineuse.)* Au fond, être finie, ce doit être un soulagement. Voilà, terminé. « Coupez ! »

Elle rit faux.

SIMONE
Pourquoi m'as-tu demandé de venir ?

Marilyn ne trouve pas ses mots. Simone poursuit, dure :

SIMONE
Pour que je t'écoute te plaindre ? Franchement, je doute d'être d'humeur à…

MARILYN

Non, non, excuse-moi, excuse-moi. L'habitude…

Un temps.

SIMONE

Pourquoi ?

MARILYN *(déglutissant)*

Je vais y arriver… je vais y arriver… laisse-moi quelques secondes.

Simone regarde autour d'elle.

SIMONE

En deux ans, rien n'a changé. *(Elle se lève.)* J'ai été si heureuse ici. Épanouie en amour, comblée professionnellement. Montand avait raison : nous étions au sommet du bonheur. Après, nous n'avons fait que dégringoler. *(Elle fixe Marilyn.)* C'est cruel, le bonheur : quand c'est là, on n'y prend pas garde ; quand c'est parti, on s'en rend compte. *(Un court temps.)* Aujourd'hui, le souvenir de ce bonheur sans tache me donne des coups de poignard. La nostalgie n'est plus ce qu'elle était.

Simone apostrophe rudement Marilyn :

SIMONE
Pourquoi ?

Marilyn, affolée, cherche ses mots, regarde autour d'elle puis se lève d'un coup.

MARILYN
Attends, ne bouge pas. J'ai un petit cadeau pour toi.

SIMONE
Marilyn, je t'en prie, ce n'est pas le moment.

MARILYN
Oh, non, non, ce n'est rien du tout, mais je l'ai préparé pour toi.

Elle part vivement dans la chambre. Simone soupire, agacée.
À cet instant, on frappe à la porte.

LE GROOM *(off)*
Room service.

Simone, désœuvrée, va ouvrir.

LE GROOM

Des fleurs de la part du directeur, mademoiselle Monroe. *(Il découvre Simone.)* Oh, madame Signoret… je ne m'attendais pas du tout à vous voir ici.

SIMONE

Vous n'êtes pas le seul.

Le groom se balance d'un pied sur l'autre, embarrassé, portant le bouquet dans un vase.

LE GROOM

Je le pose, bien sûr ?

SIMONE

Sauf si vous y êtes trop attaché.

Il avance, déconcerté.

LE GROOM

Mademoiselle Monroe n'est pas là ?

SIMONE

Dans sa chambre.

Il dépose le bouquet.

LE GROOM *(prudemment, d'une voix sourde)*

Je voulais vous dire, madame Signoret : je suis profondément désolé pour ce qui vous est arrivé. *(Il surveille la chambre pour s'assurer que Marilyn ne l'entend pas ni ne revient.)* Vous avez dû beaucoup souffrir.

SIMONE *(accablée, faisant semblant de ne pas comprendre)*

De quoi parlez-vous ?

LE GROOM

De votre mari et… *(D'un geste, il indique la chambre.)* Permettez-moi de vous exprimer toute ma sympathie. Je connais : ma fiancée m'a laissé tomber à peu près au même moment. Et ma mère, aussi.

SIMONE

Votre mère vous a laissé tomber ?

LE GROOM

Non, elle m'a dit de vous dire, si j'avais l'occasion de vous rencontrer – ce que je n'imaginais pas possible –, qu'elle est de votre côté et qu'elle vous envoie toute sa compassion. Elle aussi, elle a été trahie, abandonnée. Mon père est parti avec une autre. Une blonde, pareil ! Oh, ma mère m'a aussi conseillé de vous dire de ne pas désespérer : un jour, il reviendra.

SIMONE

Mais…

LE GROOM

Mon père s'est repointé quinze ans plus tard. Enfin, ce qu'il en reste, parce qu'il a eu un accident de voiture et qu'il est paralysé. Mais bon il est revenu. Comme quoi…

SIMONE *(se mordant les lèvres pour ne pas l'insulter)*

Comme quoi ! *(Elle se dirige fermement vers la sortie et lui dit sur le seuil :)* Vous en connaissez, vous, des hommes qui auraient refusé de coucher avec Marilyn Monroe ? Moi pas. Alors soyons clairs : mon mari ne m'a pas trompée, il a couché avec Marilyn Monroe, comme tous les hommes du monde dans tous les cinémas du monde, mais lui, pour de vrai.

Simone claque la porte puis, de rage, attrape un coussin et le balance devant elle.

Marilyn s'est glissée lentement dans la pièce sur ces derniers mots. Simone saisit qu'elle a tout entendu.

SIMONE

C'est comme ça depuis deux ans ! On me plaint, on a pitié, on me raconte ses petits malheurs domestiques et on finit par me dire : « Peut-être qu'il reviendra… » *(Avec rage.)* Mais il est revenu ! Depuis deux ans ! C'est mon mari, je l'aime, il m'aime, et nous vivons ensemble.

MARILYN *(sans bouger)*

Tout le monde a de la compassion pour toi. Et moi ? Est-ce qu'une personne, une seconde, quelque part dans l'univers, s'est demandé ce que j'ai éprouvé, moi ? Non. Moi je suis la blonde, le cerveau oxygéné, la bête de sexe, l'aphrodisiaque sur celluloïd. Regardez-moi et branlez-vous, mais ne soupçonnez pas que j'aie un cœur, que j'aie une âme.

SIMONE

Es-tu en train de m'expliquer que j'ai le beau rôle ?

MARILYN

Sans vouloir t'insulter, Simone, ton rôle est magnifique : la douleur de la femme abandonnée, la grandeur de la femme qui pardonne, le panache de la femme qui reste digne, souriante, au bras de celui qui l'a trompée.

SIMONE

Tu m'as demandé de venir pour me dire ça ?

Silence. Elles se toisent. Marilyn comprend que la conversation s'engage mal. Elle tend brusquement un livre à Simone.

MARILYN *(comme une enfant)*

Tiens, cadeau.

SIMONE *(immobile)*

Je ne veux pas de tes cadeaux.

MARILYN

C'est un livre de Joseph Conrad.

SIMONE

J'aime beaucoup Joseph Conrad, mais je ne veux pas de ton cadeau.

MARILYN

J'ai mis ton nom et dessous, j'ai recopié ma phrase préférée du livre.

Simone ne bouge pas. Marilyn trépigne, son cadeau en main.

SIMONE
Pourquoi m'as-tu demandé de venir ?

Marilyn cherche une nouvelle fois ses mots et ne les trouve pas. Simone s'avise que sa gêne n'est pas feinte ; du coup, elle se résout à attendre et se ressert un verre de scotch qu'elle engloutit presque sur-le-champ.

MARILYN
Simone, pourquoi picoles-tu ?

SIMONE *(du tac au tac)*
Et toi, pourquoi te bourres-tu de pilules ? Ce n'est pas ça que tu es allée faire dans la chambre ?

Elles se taisent, vaincues toutes les deux.

Simone s'assoit et regarde sa montre, maussade. Marilyn s'approche timidement et se poste non loin.

SIMONE
Pourquoi m'as-tu demandé de venir ?

MARILYN
Pour te demander pardon.

SIMONE
Est-ce bien utile ?

MARILYN
Je tiens absolument à te demander pardon.

Un temps. Simone secoue la tête, atterrée.

SIMONE
Quel égoïsme !

Estomaquée par cette réponse, Marilyn marque sa surprise.

MARILYN
Quoi ?

SIMONE
Je comprends très bien pourquoi tu éprouves le besoin de me demander pardon : pour te sentir moins sale, moins traître, moins égocentrique. Mais moi, je n'éprouve aucun besoin de te pardonner, aucun ! Si je te pardonnais, je ne me sentirais pas moins malheureuse.

MARILYN

Malheureuse ? Yves est revenu vers toi.

SIMONE

Il m'a trahie !

MARILYN

Il a rompu avec moi pour te retrouver.

SIMONE

Le monde entier a appris ce que vous avez fait, ce qui m'est arrivé. Oh, c'est banal, l'adultère, mais d'ordinaire ça se fait discrètement, n'en parlent que les gens du milieu, puis ça s'efface tout aussi discrètement.

MARILYN

Mais tu es une star, Simone, et Yves aussi, et moi aussi.

SIMONE

Tiens, tu ne comptes pas Arthur Miller…

MARILYN

Je l'ai rayé de mes souvenirs comme de ma vie. Montand est revenu à toi, il n'a jamais répondu ni à mes lettres ni à mes coups de téléphone. Rien. Tu as gagné, Simone, c'est toi qui as gagné.

SIMONE

J'ignorais qu'il y avait une compétition entre nous.

MARILYN

Pardon !

Un temps.

SIMONE

Je croyais même que nous étions amies.

MARILYN

Nous sommes amies.

SIMONE

Non. Je ne pique pas le mari d'une amie.

Marilyn baisse la tête, coupable.

SIMONE

Je n'aurais jamais mis Arthur dans mon lit.

MARILYN

Pourtant, il aurait bien aimé.

SIMONE

Tais-toi. Quand j'aime mon mari, je ne couche pas avec un autre homme.

MARILYN

Mais moi non plus. J'ai été fidèle à Arthur pendant des années. Seulement, à ce moment-là, lors de notre rencontre, je ne le considérais déjà plus comme mon mari.

SIMONE

Tu aurais dû me fournir ta chronologie. *(Avec colère.)* Tu veux que je te pardonne ? Eh bien, voici, je te pardonne. C'est fait. Tu es contente ?

Hors d'elle, Simone se lève et récupère ses affaires, déterminée à partir.

Marilyn ne sait pas comment réagir. En regardant Simone se rhabiller, elle ne trouve ni les mots ni les gestes pour la retenir.

Lorsque Simone s'apprête à ouvrir la porte, Marilyn se précipite, se plaque contre le battant pour l'empêcher de sortir.

MARILYN

Simone, c'est toi ! Ce n'est pas lui.

Simone se fige.

MARILYN

C'est toi ! Il faut que tu saches que c'est toi !

Décontenancée, Simone reste bras ballants.

MARILYN

Pendant mon histoire avec Yves, je pensais à toi.

Simone s'écarte, troublée.

SIMONE

Quoi ?

MARILYN

À toi. À toi tout le temps.

Simone s'éloigne.

MARILYN

D'Yves, j'ai un souvenir fort, tendre, merveilleux, léger. Mais ce n'était pas lui que je visais, c'était toi.

SIMONE

Moi ?

MARILYN

Simone, est-ce que tu as envie d'être moi ?

SIMONE

Mais non, pas une seconde !

MARILYN

Eh bien moi, je voulais être toi.

Marilyn se dirige vers la bouteille de champagne.

MARILYN

Tu es celle que je voudrais être. Belle sans en faire une histoire, belle sans même y penser, tandis que moi je ne me préoccupe que de ça, comme un petit chien qui s'affaire sur son os. Intelligente sans complexes, intelligente sans honte, tandis que moi je cache ce que j'ai d'intelligence sous une voix idiote et des grimaces de gamine. Séduisante sans obligation, séduisante quand tu le décides, tandis que moi je me contrains continuellement à plaire. Tu étais horrible sur les photos de nous quatre ici, horrible avec ce pantalon à carreaux et ce pull ras la mâchoire, mais cet horrible te rendait impériale, superbe, crâne, supérieure : tu n'en avais rien à foutre, tandis que moi, apprêtée, offerte, le cul moulé, les seins dehors, j'avais l'air d'une pauvresse à peine sortie du caniveau, prête à tout pour réussir. Moi, il me faut trois heures pour être Marilyn Monroe ; toi, tu es tout de suite Simone Signoret. Qu'est-ce qu'elle a, ta peau ? Elle n'est pas mieux que la mienne, pourtant tu es bien dedans. Je te sens forte, solide, forte d'avoir poussé dans une vraie famille, solide de penser par toi-même, de lire par plaisir, de parler plusieurs langues. Tu m'impressionnes, tu me fascines, tu me terrifies, tu m'écrases. Tu n'appelles pas la protection, c'est toi qui protèges. Tu m'as révélé tout ce que je ne suis pas et que je rêve d'être. J'ai voulu être toi.

SIMONE

Alors tu m'as pris mon homme.

MARILYN

Alors j'ai pris ta place auprès de ton homme.

SIMONE

Ça ne marche pas comme ça.

MARILYN

Ça ne marche pas comme ça. Je l'ai amusé, attendri, je lui ai plu, puis il m'a laissée pour te rejoindre. Ni hésitation ni regret : aucun dilemme. Hop, direct chez Simone ! J'admire votre couple, cette complicité, cette entente, cette joie, cette douceur, cette évidence. Je n'avais jamais rencontré ça. J'étais amoureuse de toi, de lui, de votre couple, aussi. Et peut-être que j'en suis encore plus amoureuse aujourd'hui.

SIMONE *(gênée)*

La vie est longue. Sois patiente. Tu connaîtras ça un jour. Sans avoir à le voler à une amie.

MARILYN

Donc tu es mon amie ?

SIMONE

Je suis ton amie.

Marilyn se jette spontanément dans ses bras, telle une enfant.

MARILYN

Merci. Merci. Merci.

Simone, émue, tente de modérer leurs effusions en faisant de l'humour.

SIMONE

Imagine qu'un reporter entre, nous voie et nous entende : la scène le surprendrait. Nous sommes censées nous détester et nous crêper le chignon.

Marilyn embrasse Simone sur les joues et rit au milieu de ses larmes.

MARILYN

Tu as pardonné à Yves ?

SIMONE

De toute ma volonté.

MARILYN

C'est bien.

SIMONE

Oui, c'est bien. *(Un temps.)* Malheureusement, la volonté ne tient qu'une petite place dans mon esprit. À côté, il y a les sentiments, les émotions, la confiance. Et là, j'ai toujours mal.

MARILYN

Malgré le pardon ?

SIMONE

Il y a le pardon qu'on donne et le pardon qu'on éprouve. J'ai donné le pardon à Montand pour qu'il soit en paix et que la vie reprenne. Mais moi, je n'éprouve pas encore le pardon intérieur, celui qui me mettrait en paix. Je souffre, j'enrage, je me ronge, je soupçonne, je crains. *(Elle se ressert un verre de scotch.)* Nous ne couchons plus ensemble.

MARILYN

Aïe… Il ne veut plus ?

SIMONE

Il veut. Je ne peux plus.

MARILYN

Quoi ? Tu ne peux pas quand il veut ?

SIMONE

Non, je ne suis pas une geisha.

MARILYN

Moi si. Si les hommes n'étaient pas si idiots et s'il y avait un Oscar de la meilleure simulatrice, je le raflerais chaque année.

Simone s'affale sur le canapé.

SIMONE

Je suis au comble du bonheur quand il me tient dans ses bras. Mais dès qu'il me fait comprendre qu'il me désire, je… Quelque chose s'est brisé. Je n'ai plus confiance.

MARILYN

En lui ?

SIMONE

En moi. Je ne suis plus persuadée d'être irrésistible pour lui, de représenter l'amante unique, d'incarner toutes les femmes. Je ne suis que moi, moi à quarante ans passés, moi qui décline.

MARILYN

Chérie, tu es encore très belle.

SIMONE

« Encore », voilà le mot qui blesse. Dans ta phrase, je n'entends plus que ce mot. « Encore »… Pour combien de temps ? *(Un temps.)* Tu te souviens de la phrase de Rilke sur le livre que tu m'avais offert ? « La beauté n'est que le commencement du terrible. » Tu prétendais ne l'avoir pas bien comprise…

MARILYN

Tu ne m'as pas crue ?

SIMONE

Pas une seconde. *(Marilyn sourit, soulagée. Simone continue, en souriant elle aussi.)* Quand une actrice est belle, on lui donne à jouer soit les salopes, soit les idiotes. Moi, j'ai eu droit aux méchantes, toi aux niaises. Notre beauté, on nous la fait payer. Seul avantage de l'âge : il nous libère de ça. *(Un temps.)* La beauté – ta beauté, la mienne –, je crois que je la déteste. Alors fini, rideau ! Je ferme boutique. Je vis avec Montand, j'aime Montand, Montand m'aime, mais plus de ça. Nous faisons chambre à part.

MARILYN

Tu es folle ! Le sexe, ça sert à être aimée.

SIMONE

À s'imaginer qu'on l'est. *(Elle se retourne brusquement vers Marilyn.)* Non ?

MARILYN *(réfléchissant)*

Pour moi, sexe et amour sont inséparables, un peu comme mes deux seins.

SIMONE

Es-tu déjà arrivée à transformer la sexualité en amour ?

MARILYN

Chez mes partenaires ? Jamais.

SIMONE

Montand est et restera mon homme même si nous ne couchons plus ensemble. Il est et restera mon homme même quand je ne ressemblerai plus à celle qu'il a rencontrée. D'ailleurs, pour en avoir la preuve, j'ai décidé de précipiter les choses.

MARILYN

Quoi ?

SIMONE

Je vais m'efforcer de vieillir plus vite que prévu, Marilyn.

MARILYN

Comment ?

SIMONE

Plutôt que de m'accrocher trop longtemps à une part de moi qui n'est plus, au lieu de me rendre pathétique en ancienne belle ou en ex-jeune, je vieillirai d'un coup.

MARILYN
Oh !

SIMONE
Je ne me laisserai pas détruire, je me détruirai moi-même. Le temps, je ne le subis plus, je le bouscule, je le soumets, je le dirige. Je deviens subitement vieille et Montand reste.

Elle boit encore un verre de scotch.

SIMONE
Montand reste avec moi parce que c'est moi, quoi qu'il arrive à mon corps.

MARILYN
Oh non… oh non…

SIMONE
Je serai une vieille dame avant l'heure.

MARILYN *(spontanée)*
Moi, je ne serai jamais une vieille dame.

SIMONE
Mais si !

MARILYN
Mais non. Je te le jure.

Elles se regardent. Simone commence à comprendre.

MARILYN
Je mourrai jeune. Comme Jean Harlow.

SIMONE
Tu dis toujours ça.

MARILYN
Parce que je le sais.

SIMONE *(grave)*
Tu le sais… ou tu l'as décidé ?

MARILYN
Se tuer, c'est un droit.

SIMONE
Même s'il ne mène nulle part ?

MARILYN

Parce qu'il ne mène nulle part. C'est tellement plus simple de penser à la mort qu'à la vie. La vie, c'est entrer. La mort, c'est sortir. Quand on entre, on doit faire face à mille situations inconnues. Quand on sort, on n'a plus rien à affronter. Reposant, non ? Là, je pourrai y arriver. Je suis beaucoup plus sûre de me montrer à la hauteur.

SIMONE

Tu aimes la mort parce que tu n'aimes pas la vie ?

MARILYN

La vie me fait plus peur que la mort.

SIMONE

Pas moi. J'aime la vie. Je vieillirai. J'irai jusqu'au bout.

MARILYN

Quel courage !

SIMONE

Dans tous les cas, il y a un prix à payer.

Elles se regardent, profondément complices, apaisées.

SIMONE

Et la note est salée.

Marilyn approuve de la tête.

MARILYN

Je suis jalouse de ton orgueil.

SIMONE

Oh non, tu te trompes ! L'orgueil m'a empêchée de voir que tu plaisais à Montand, que Montand te plaisait, que si ton couple avec Miller battait de l'aile, cela mettait le mien en danger. L'orgueil m'a aveuglée. C'est con, l'orgueil.

MARILYN

C'est magnifique. Tu estimes que toi, c'est plus que ton apparence, que toi, c'est plus que tes nichons, tes jambes, tes lèvres, ta posture, ta cambrure. Tu considères que toi, c'est un trésor précieux qui habite une maison de chair. Même si la maison perd de son lustre, voire se délabre, toi, tu règnes à l'intérieur et tu continues à attirer les autres. Moi, je ne possède pas une once de cet orgueil ; ça fait mon malheur ; je me vois juste comme de la viande.

Simone lui caresse la joue.

SIMONE
C'est tellement faux, pourtant. En toi, il y a tant de lumière, de chaleur. Toutes les caméras le savent.

Marilyn s'allonge et pose sa tête sur les cuisses de Simone.

MARILYN
Tu aimes Yves, mais il est bien douloureux, ton amour.

SIMONE
L'amour fabrique de la douleur, aussi sûrement que le manque d'amour.

Marilyn approuve, les larmes aux yeux.

SIMONE
Mais ça vaut le coup. Les gens croient que je suis une actrice qui s'occupe beaucoup de sa carrière. En réalité, je n'ai qu'une activité : mon couple. Je le soigne, je l'entretiens, je le cultive. L'amour, ce n'est pas quelque chose qui t'arrive. C'est quelque chose que tu fais arriver.

Elle prend la main de Marilyn.

SIMONE

Arrête les drogues. Fous à la poubelle la seringue pour dormir, la pilule pour te réveiller, s'il te plaît.

MARILYN

Je me protège.

SIMONE

De quoi ?

MARILYN

De la souffrance.

SIMONE

N'évite pas la souffrance de penser. Tu as besoin de réfléchir, d'accepter que la vie ne soit pas parfaite, qu'on ne réussisse pas tout, qu'on ne réussisse jamais vraiment, qu'on ne réussisse que provisoirement, qu'un homme puisse te tromper puis partir, te tromper puis revenir, que ton mari ne conçoive pas le couple comme toi, que le temps file, que ta jeunesse passe, que ta peau se ride et que ta taille s'alourdisse. Méditer tout cela, ça finit par produire une sagesse. Indispensable. Face à cette sagesse, les médicaments sont une folie.

Simone saisit le livre sur le sofa.

SIMONE

Merci pour ton cadeau.

MARILYN

Merci de le recevoir.

SIMONE

Puis-je regarder ce que tu as écrit ?

MARILYN

C'est ma phrase préférée de Conrad.

SIMONE

« Il était écrit que je serais loyal au cauchemar de mon choix. »

Émue par cette phrase, Simone effleure les cheveux de Marilyn.

SIMONE

Moi, je serai loyale à mon rêve. C'est toute la différence entre toi et moi.

Elle serre Marilyn dans ses bras et la tient longuement contre elle, avec tendresse. Marilyn s'abandonne sans réserve.

SIMONE

Je te laisse, je dois partir.

MARILYN

Il t'attend ?

SIMONE

Oui. Et il n'aime pas attendre.

MARILYN

Tu es comme moi, n'est-ce pas ? Tu aimes qu'il t'attende ?

SIMONE

Passionnément.

Simone se lève, glisse son imperméable sur le bras et se dirige vers la porte. Marilyn reste lovée sur le canapé.

MARILYN *(sans la regarder)*

Simone ! Quel souvenir garderas-tu de Marilyn ?

SIMONE

Une petite fille très pure, qui n'acceptait pas la vie telle qu'elle est, et continuait à la désirer telle qu'elle l'avait imaginée.

MARILYN

Comment la vois-tu vieillir ?

SIMONE

Elle ne vieillira pas. Les enfants ne vieillissent pas : ils meurent.

Marilyn frissonne.

Simone aussi. Elle sort.

Restée seule, Marilyn, qui a la chair de poule, se frotte les bras et dit simplement :

MARILYN

Je n'ai pas peur de mourir. Je suis déjà morte.

Bungalow 21 a été créée au Théâtre de la Madeleine à Paris le 14 septembre 2023.

Mise en scène de Jérémie Lippmann, assistante Sarah Gellé, décors d'Emmanuelle Favre, lumières de Jacques Rouveyrollis, vidéo de Caroline Grastilleur, costumes de Laurent Mercier, perruques de Martyn Calder, musique de David Parienti.

Avec
Mathilde Seigner (Simone)
Emmanuelle Seigner (Marilyn)
Michaël Cohen (Yves)
Vincent Winterhalter (Arthur)
Clément Moreau (le groom).

Merci à Philippe Stolz.

Du même auteur
aux éditions Albin Michel :

Romans

La Secte des Égoïstes, 1994.
L'Évangile selon Pilate, 2000, 2005.
La Part de l'autre, 2001.
Lorsque j'étais une œuvre d'art, 2002.
Ulysse from Bagdad, 2008.
La Femme au miroir, 2011.
Les Perroquets de la place d'Arezzo, 2013.
L'homme qui voyait à travers les visages, 2016.
La Traversée des temps

1. Paradis perdus, 2021.
2. La Porte du ciel, 2021.
3. Soleil sombre, 2022.
4. La Lumière du bonheur, 2024.

La Rivale, 2023.

Nouvelles

ODETTE TOULEMONDE ET AUTRES HISTOIRES, 2006.

LA RÊVEUSE D'OSTENDE, 2007.

CONCERTO À LA MÉMOIRE D'UN ANGE, Goncourt de la nouvelle, 2010.

LES DEUX MESSIEURS DE BRUXELLES, 2012.

L'ÉLIXIR D'AMOUR, 2014.

LE POISON D'AMOUR, 2014.

LA VENGEANCE DU PARDON, 2017.

Le Cycle de l'invisible

MILAREPA, 1997.

MONSIEUR IBRAHIM ET LES FLEURS DU CORAN, 2001.

OSCAR ET LA DAME ROSE, 2002.

L'ENFANT DE NOÉ, 2004.

LE SUMO QUI NE POUVAIT PAS GROSSIR, 2009.

LES DIX ENFANTS QUE MADAME MING N'A JAMAIS EUS, 2012.

MADAME PYLINSKA ET LE SECRET DE CHOPIN, 2018.

FÉLIX ET LA SOURCE INVISIBLE, 2019.

Récits

LA NUIT DE FEU, 2015.

JOURNAL D'UN AMOUR PERDU, 2019.

LE DÉFI DE JÉRUSALEM, 2023.

Essais

DIDEROT, OU LA PHILOSOPHIE DE LA SÉDUCTION, 1997.

MA VIE AVEC MOZART, 2005.

QUAND JE PENSE QUE BEETHOVEN EST MORT ALORS QUE TANT DE CRÉTINS VIVENT, 2010.

PLUS TARD, JE SERAI UN ENFANT (entretiens avec Catherine Lalanne), éditions Bayard, 2017.

Beau livre

LE CARNAVAL DES ANIMAUX, musique de Camille Saint-Saëns, illustrations de Pascale Bordet, 2014.

Théâtre

Le Grand Prix du Théâtre de l'Académie française
a été décerné à Éric-Emmanuel Schmitt
pour l'ensemble de son œuvre

LA NUIT DE VALOGNES, 1991.

LE VISITEUR (Molière du meilleur auteur), 1993.

GOLDEN JOE, 1995.

VARIATIONS ÉNIGMATIQUES, 1996.

LE LIBERTIN, 1997.

FRÉDÉRICK, OU LE BOULEVARD DU CRIME, 1998.

HÔTEL DES DEUX MONDES, 1999.

PETITS CRIMES CONJUGAUX, 2003.

MES ÉVANGILES (*La Nuit des Oliviers*, *L'Évangile selon Pilate*), 2004.

LA TECTONIQUE DES SENTIMENTS, 2008.

UN HOMME TROP FACILE, 2013.
THE GUITRYS, 2013.
LA TRAHISON D'EINSTEIN, 2014.
GEORGES ET GEORGES, Le Livre de Poche, 2014.
SI ON RECOMMENÇAIT, Le Livre de Poche, 2014.

site internet : eric-emmanuel-schmitt.com

PAPIER CERTIFIÉ

Le Livre de Poche s'engage pour l'environnement en réduisant l'empreinte carbone de ses livres. Celle de cet exemplaire est de :
200 g éq. CO_2
Rendez-vous sur
www.livredepoche-durable.fr

Composition réalisée par PCA

Achevé d'imprimer en mars 2025 en Espagne par
BLACKPRINT
Dépôt légal 1re publication : avril 2025
LIBRAIRIE GÉNÉRALE FRANÇAISE
21, rue du Montparnasse – 75298 Paris Cedex 06
marketing@livredepoche.com

40/6231/6